KB247568

검은 밤, 영도

검은 밤,
영도
정미형
소설
알렙

차례

남원 어딘가에

그날 이효신은 남원에서 운봉장으로 향하던 버스 종점에서 혼자 내렸다. 그리고 버스 종점 옆 허름한 슈퍼의 냉장고에서 콜라 한 병을 꺼내 들었다. 거스름돈을 건네는 초로의 여주인은 어디서 왔는지 물었다. 먼지가 내려앉은 플라스틱 의자와 콜라 광고가 적힌 낡은 테이블을 휴지로 슬쩍 닦고 앉아 이효신은 불어오는 바람에 얼굴을 맡겼다. 콜라병은 차가웠는데 그즈음 그녀는 갱년기의 증세를 진땀과 함께 느끼고 있었던 터라 어디에서나 차가운 음료를 찾았다. 남루한 바지 차림의 중년 남자 몇이 슈퍼 앞에 앉아, 오가는 사람들과 버스를 오래도록 바라보았다. 그들은 천천히 막걸리를 마시거나 담배를 피우며 이효신을 바라보기도 했다. 모두 어디서 왔느냐고 물었고 혼자 왔다고 말했다.

먼지 긴 뿌연 차창에 기댄 채 시외버스를 타고 오면서 속이 탁 트이는 콜라가 먹고 싶다는 생각만 들었다. 시골 마을의 낯선 남자들에게 비칠 제 모습을 상상하니 버스 안 기름 냄새 같은 울렁증이 다시 느껴졌다.

몇 년 전부터 이효신은 제기에 관한 이야기를 들었다. 지리산 남원으로 가보라고. 이제 집안에 물려줄 제대로 된 제기가 필요하다고. 제기를 고르려면 그곳이 좋을 거라고 했다. 언제 장이 서는지. 어디로 가야 제대로 된 물건을 고르는지 지인들이 알려 주었다. 지리산 아래라 더없이 좋은 곳이고 산 좋고 물 좋은 곳이라고 했다. 차가운 콜라를 마시고 주변을 둘러보았을 때 낯설기는 하지만 어딘가 익숙해 보이기도 했다. 장이 서는 곳이라선지 모여든 사람이 많았고 모두 뭔가를 찾아다니는 듯 보였다.

두 번째 걸음이었다. 제기를 구하기 위해 직접 이곳으로 와서 장터와 마을로 이어진 길을 걷다가 인연이 되는 장소를 가보자는 게 이효신의 생각이었다. 낯선 곳이지만 마음은 이상하게도 들떴다. 지난봄 이곳을 처음 왔을 때 가지 끝마다 노랗게 꽃봉오리가 맺혀 있던 산수유꽃이 온 마을에 가득했다. 지금은 이마에 땀이 배어 나오는 6월 말이었다. 지난봄 이곳에 와서 몇 번이나 장터와 마을을 둘러보았지만 제대로 된 목기를 만나지 못했다고 생각했다. 그러다 좁은 논길을 달려오던 차를 피하다가 논둑에 미끄러져 발을 삘 뻔했고 그래서 걸음을 돌렸다.

이효신은 운봉장이 서는 곳 이리저리 다니며 목기를 찾아보리라 생각했다. 누군가 소개를 한다 해도 직접 눈으로 보고 마음에 들 때까지 돌아다녀 보아야 한다고 여겼다. 하지만 정작 이효신은 어떤 목기가 좋은 목기인지 제대로 알지는 못했는데 그 사실을 아무에게도 말하지 않았다. 비싼 게 그래도 제값을 할 거라 했지만 그것보다 뭔가 기다려 보면 눈이 열릴 거라는 이상한 믿음을 가졌다.

손수건으로 얼굴을 한 번 닦고 이효신은 걷기 시작했다. 푹신한 운동화를 신고 온 게 다행이라면 다행이었다. 마치 그렇게 일어나길 기다린 듯이 옆에 앉아 있던 남자들이 길을 비켜 주며 몸을 돌려 이효신의 뒷모습을 바라보았다. 이효신은 목뒤에 다가오는 시선을 느꼈고 어디라도 가보자는 마음으로 천천히 걸었다.

몇 군데 목기를 파는 가게 앞에서 이효신은 분위기를 넘겨짚어 보았다. 제대로 정성이 들어간 곳인지, 나무의 질감이나 단단함이 느껴지는지. 하지만 이 낯선 곳에서 어떻게 우연을 만난다는 건가. 어쩌다가 우연히 그런 목기 장수를 만난다면, 제대로 만난다면 한눈에 알아볼 수 있을 거라 여겼다. 그즈음 그녀는 우연이야말로 세상의 모든 것을 다 해명할 수 있는 한 가지라고 생각하고 있었다. 그리고 한 곳에서 발걸음을 멈추었다. 1987년 초여름이었다.

두툼한 박스는 테이프로 여러 번 감긴 파손 주의라는 표시가 있었다. 단단히 감긴 초록 테이프를 자르려고 은선은 이곳저곳 칼날을 밀어 넣었다. 그러다 잠시 멈췄다. 박스 속에서 쏟아져 나올 것을 감당할 수 없을 것만 같아서다. 밖으로 나온들 이 속에 든 것을 어디에 둔단 말인가. 이제 그것은 예전에 보았던 제기가 아닐지도 모른다.

인천에 살고 있는 동서가 자기 집으로 택배 보내온 지가 벌써 일 년 전이라고 올케인 윤주가 말했다. 일 년 동안 제기는 이곳저곳을 떠돌다 은선에게 돌아왔다. 은선은 커다란 안마 의자와 고급스러운 유럽 식기들이 장식장에 그득한 남동생 은호의 집을 떠올렸다. 넓은 평수의 아파트 안에 박스 하나 둘 만한 자리가 없었을까 싶었다. 하지만 제사를 지내지 않을 것이기에 제기는 필요 없다고 윤주는 말해 왔다.

"그리고 어쩐지, 제기가 집에 있고부터 애들도 기침이 더 심해지는 것 같아요."

늘 감기를 달고 있고 몸이 허약하고 천식이 있는 윤주에게 기침을 유발하는 것은 두려운 것이었다. 윤주는 차에서 박스를 내려 은선의 집 앞에 두고는 떠나갔다. 일찍 암으로 어머니를 잃은 윤주에게 건강을 챙기는 것은 중요한 일이었다. 테이프로 칭칭 감긴, 먼지 낀 박스를 집에 두고 싶지 않았을 것이다. 은선은 베란다에서 올케인 윤주의 차가 멀어져 가는 것을 보았다. 집으로 들어오라는 말 한마디 하지 않은 게 조금 걸렸지만 그 편이 더 좋을 거라 여겼다. 은선의 어머니이자 윤주의 시모인 이효신이 세상을 떠나고 나서부터 가족 모임에서 서로의 집을 방문하는 일은 거의 없어져 버렸다.

윤주는 유교식의 제사에 참여하지 않았기에 그동안 지내온 시부모의 제사에 얼굴을 내민 적이 없었다. 그리고 은선은 그것을 탓하고 싶지 않았다. 그렇기에 친정의 제기를, 더 이상 물려받을 사람이 없는 친정의 제기를 결국 은선은 받아들이기로 했다. 볼품없이 쓰레기장에 버리기 아까웠다.

자신의 집 어디에 이 박스를 두어야 할지 좀 막막했다. 차라리 이곳으로 보내지 말고 알아서 처분을 하라고 처음부터 말할 걸 그랬나 싶었다. 인천에 살고 있던 큰 남동생 내외가 이혼하겠다고 했던 이 년 전 그때였다. 벤처 사업을 하던 큰 남동생 은규에게 자금줄이 막혀 버린 것이었다. 남동생의 파산을 막아내기에 은규 처의 벌이는 턱없이 부족했다. 사진을 찍거나 촬영 강의로 버는 올케의 돈은 생활비로도 부족했다. 은규가 중국으로 떠나버리자 집을 정리한 은규 처는 딸아이를 데리고 친정으로 가버렸다. 아무도 은선에게 제사를 어떻게 정리하겠다고 말한 이는 없었다. 하긴 그게 뭐가 그리 중요할까.

은선은, 일 년 뒤 중국에서 돌아온 은규가 살고 있는 원룸에 가보았다. 옷걸이 하나 제대로 두기도 어려운 그곳은 제기를 두기에 턱없이 좁았다. 그때 은규에게 제사라든가 제기가 무슨 의미가 있었을까. 은규는 즉석 파스타를 만들어 주었다.

"솜씨 좋구나."

"십 년 넘게 제품 개발하고 판로 찾느라 혼자 해먹은 밥만 해도 식당 차릴 정도야.”

은규가 힘들게 웃어 보였다. 십 년 넘게 개발해 온 것이 무엇인지 은선은 잘 모른다. 제기는 다시 은호의 집으로 갔고 그러다 결국 은선에게로 돌아왔다. 두 올케보다 은선이 더 오래전부터 봐 왔던 그것은 유물이라면 유물이었다.

한참 박스를 두고 보다가 은선은 그저 원하지 않는 택배 물건이 현관에 와 있는 것이라고 여기기로 했다. 오류로 인한 택배. 수취인 불명의 박스. 처음부터 이 제기는 그들에게 잘못 부쳐진 것이다. 자세히 보니 박스 곳곳에 오래된 가루들이 묻어나오는 것 같았다. 윤주가 기겁을 하고 일 년 동안 건드리지 않은 것도 이해할 만했다.

은선은 박스 속 켜켜이 겹쳐 있을 검붉은 제기를 떠올렸다. 제기가 처음 만들어진 남원 어딘가 시골 마을을 그려 보았다. 어머니 이효신에게 들었던 이야기 속의 나무들. 단단한 물푸레나무 한 그루가 목기가 되어 가는 공방의 소리를 떠올렸다. 깎고 말리고 칠하고 다시 말리는 과정의 여러 달이 지나고 수십 년간 제사상에 올랐던 제기를.

제기가 처음 제사상에 올려진 것이 삼십 년도 전 추석날이었다. 그날 추석 차례상은 제기를 위해 차려진 듯 보였다. 검붉은 나무 칠이 아름다운 제기들은 병풍 앞, 상 위에 놓여 있었다. 촛대 위에 타오르던 두 개의 촛불과 목기로 된 향로에서 피어오르던 향의 연기.

　사실 이효신은 전날 준비를 하는 내내 오랜만에 추석 차례에 참석하겠다고 알려 온 자신의 손윗동서 오리나무댁 오치순을 염두에 두었다. 조금이나마 동서에게서 진심으로 우러나오는 한마디를 기대하고 있었다. 이효신은 명절이나 제사 때마다 청주 한 병 들고 찾아오는 시조카들과 또 한 번씩 들이닥치는 시댁의 친척들을 함께 떠올렸다. 이효신은 시조카들이 중고등학교를 입학할 때에 가끔 양말, 운동화들을 선물했고 이제 아이들은 잘 자랐으며 이곳에 오면 마치 당연한 듯 방에서 장기판을 꺼내 와 제 작은아버지와 장기를 두었고 이야기를 나누었다.

　무엇보다 이효신은 손윗동서인 오치순이 제기를 보고 한마디 해줄 것을 기대했다. 아니 딱 한 번이라도 손을 붙잡고 '내가 할 일을 자네가 해주니 고맙다'라는 말을 듣고 싶었다. 그 말로 달라질 게 없다 해도.

　스물셋에 결혼하고 십여 년이 지나 손윗동서인 오치순에게서 받아 온 제사였다. 제대로 된 제기며 촛대며 병풍도 없이 받아 온 시어른 제사였다. 이효신은 남편이 둘째 아들이라 단 한 번도 제사를 직접 지낼 거라고는 생각하지 않았다. 명절에 시댁에서 친척들을 만나 음식을 지져 내고 수다를 떨고 동서들끼리 제사 음식을 하는 것까지는 싫다고 말할 수 없었다. 하지만 언제부턴가 오치순이 시어머니 제사를 지내지 않으리란 것을 이효신은 은연중에 알게 되었다. 훗날 은선은 어머니에게서 내막을 들었다.

"오래된 이야기 때문이야. 네 할머니가 돌아가실 때 그렇게 힘들게 버텼다. 눈을 부릅뜨고도 손을 허우적대며 저승으로 안 간다고 그랬다. 누구 좋아하라고 가느냐고. 그래도 마침내 돌아가시고 고요해지더구나."

죽기 전부터 이효신의 시모는 절대로 큰 동서인 오치순에게 제삿밥을 얻어먹지 않겠다고 말했다. '귀신이 되어서도 너희 집으로 가지 않겠다고.' 오지도 않을 미래의 일로 살아 있는 동안 두 사람은 반목했다.

죽은 시모에게서 무엇을 물려받았는지 이효신은 더듬어 생각해 보았다. 시모에게서 바늘 쌈지 하나 얻었던가. 유물처럼 내려오는 항아리 하나라도 받은 적이 있던가. 시어머니의 살림살이가 팍팍한 것도 이유였지만, 시모와 동서와의 오랜 갈등으로 이효신조차 시모와 가까워질 수 없었다. 다섯 살 난 어린 딸 은선과 은규를 데리고 시부의 제사를 지내러 시댁을 찾아간 날, 방 안에 누운 시모는 동서가 보이지 않을 때면 이효신을 바라보며 말했다. '내가 죽으면 네 집에서 밥을 먹으련다. 마른 명태 한 마리에 향불만 태워다오.' 젊은 시절의 이효신은 그런 시모가 두려웠다. 중풍은 시모뿐 아니라 동서인 오치순도 오랫동안 괴롭혔다. 중풍만큼 집요한 미움의 근원에 무엇이 있었는지 모르지만 끝은 너무도 질겼다.

이효신의 시모인 곽지명은 글만 읽고 다니던 유학자의 자손인 남편을 만났다. 가난한 살림은 곽지명의 운명처럼 따라왔다. 젊은 날부터 남의 집 일손을 보태거나 삯바느질을 해가면서 집안을 이

끌어 왔다고 했다. 평생 어떤 돈벌이도 하지 못하는 남편 대신 일만 해온 곽지명은 자신의 첫 며느리인 오치순의 살림살이를 보고 깜짝 놀랐다고 했다. 오치순은 들로 갯가로 나가 놀러 다니기 일쑤였고 집 안의 그릇도 이가 들쑥날쑥 빠지고 제대로 간수하지 않았다. 간수하지 않은 음식은 상하기 일쑤고 방 안은 먼지로 가득했을 것이다. 함께 살 수가 없다고 여긴 곽지명은 며느리인 오치순을 쫓아내 버렸다. 신혼 초였다.

시댁에서 쫓겨나서 빈 거처에서 살던 오치순은 다시 시댁으로 돌아온 뒤 시모인 곽지명이 하는 얘기라면 거의 반대로 들었고 반대 방향으로 엇나갔다. 오리나무댁은 오치순의 친정이 있던 마을의 이름이었다. 오치순이 시집에서 쫓겨난 석 달 동안 오리나무 마을로 가 있었는지 알 수 없었다. 몇 년 뒤 흰 쌀밥의 밥풀을 달고 있는 듯 젖니가 나기 시작하는 오치순의 딸을 보며, 곽지명을 찾아온 한 엉터리 무당이 아이의 앞날을 점쳤다. 어쩌면 손녀인 인주가 부모덕 없이 살게 될지도 모른다고. 그 한마디에 오치순은 시모와 함께 얼굴을 맞대고 살지 않겠다고 선언했다. 그런 무당을 집으로 데려온 시모를 원망했을 것이다.

한집에 살면서 오치순은 벽으로 열리는 창문을 통해 겨우 시모의 밥상을 건네주었다. 우물가에서도 시모를 바로 보지 않았다. 그리고 오치순은 시모가 죽게 되어도 절대 제사를 지내지 않을 거라고 말했다. 오치순은 측량 기사였던 남편이 지방에서 근무할 때면 남편을 따라 좁은 관사에 내려가 살았다. 그러는 동안 시모인 곽지명은 혼자 살아갔다.

　추석날 오치순은 동서인 이효신이 마련했다는 제기 이야기를 듣고 구경할 양으로 그해 추석 차례에 오겠다고 전화를 해왔다. 가을 아침 이효신은 마당의 돌 틈에 수북하게 피어난 과꽃을 잘라 차례상 옆 화병에 꽂아두었다. 쉰세 살, 이효신 집 마당에서 보랏빛으로 피어나는 과꽃은 은근한 자랑거리였다. 꽃을 꽂고 보니 오늘 이 차례상이 그동안 수많은 제사상을 준비하느라 힘들었던 자신에게 주는 보상으로 여겨졌다.

　그즈음이 이효신에게 가장 행복한 시절이었는지 모른다. 그해 아들인 은규가 재수 끝에 대학에 입학했고 딸인 은선은 대학원에 가게 되었으며 쉰다섯의 남편은 직장인 세무서에서 다행히 승진을 했다. 막내아들 은호가 학교를 빼먹고 방에 틀어박혀서 기타만 치거나 돈을 쓰고 다니는 게 문젯거리라면 문제였다. 이효신은 이 세속적인 삶에서 흔들리지 않고 월급을 가져다주는 착실한 가장이 있는 한은 겁날 것도 움츠러질 것도 없다고 여겼다. 그렇게 익숙하고 영속적인 안정을 추구하는 것이 행복한 결혼이라는 것을 어디선가 들었다. 이효신이 즐겨 듣는 라디오의 결혼과 법률 상담이란 프로그램에서였다. 시골 장을 다니며 나프탈렌이나 좀약을 팔던 고향 친구 부부가 어느새 시내 허름한 건물을 사들여 주인이 된 것을 이효신은 알고 있었다. 그들이 옆 건물까지 사서 삼 층으로 건물을 다시 지어 올리던 날, 초대받은 이효신은 그들의 표정을 보았다. 그들은 더없이 행복해 보였고 서로 욕하고 고함치던 결핍의 시절을 잊고 잔치를 벌였다. 적어도 결혼을 한다면 이 세상의 어떤 가난에도 져서는 안 된다고 이효신은 생각했다.

한 해 한 해 늙어 가고 여위어 가는 쉰일곱의 오치순을 보자 이효신은 시어머니의 장례를 치르던 그날이 떠올랐다. 이십여 년이 흐르고 어느새 오치순도 이효신 자신도 예순의 나이에 금방 가까워지고 있었다. 시댁이자 오치순의 집 마당에서 지냈던 곽지명의 장례식은 흙먼지에 싸인 듯 희미했다. 삼베로 만든 상복을 입은 집안의 어른들이 허리를 구부려 걸어 다녔다. 시댁의 우물가에는 그해 봄 가뭄으로 물이 많이 말라 있었고 오치순과 시숙과 아이들이 쓰는 칫솔들이 빨간 플라스틱 통에 담겨 우물터에 나와 있었다. 이효신은 시모의 초상을 치르는 내내 이상한 열 감기에 시달렸다. 열이 나고 몸을 움직일 수 없을 정도로 근육이 아팠다. 초상집에 몰려든 친척들을 맞이하다가 상복을 입은 채 이효신은 잠깐 구석방은 누웠다. 벽 하나 건너 안방에 모신 죽은 시모의 시신이 병풍 뒤에 맞닿아 있었다. 이효신은 자신의 몸에서 서늘하게 뭔가 통과되는 기분이 들었다. 중풍으로 고생을 하다가 죽은 시모였다. 이상한 정념에 사로잡힌 듯 시모를 도와줄 수 없었다는 것이 가슴 아팠다.

관을 덮은 흰 천이 바람에 펄럭거렸다. 이른 봄이었다. 발인을 치르느라 땅바닥에 엎드려 집안 어른들은 곡을 하고 절을 했다. 상복을 입지 않은 어린 은선은 우물 속에서 바람 소리와 함께 두레박이 덜그럭거리는 소리가 무서웠다. 얼굴빛이 어두워 보이는 사촌 오빠들 모두 삼베로 된 상복을 옷 위에 걸쳐 입고 있었다. 사촌 언니가 저만치 지겨운 듯 땅에다 이른 봄에 핀 노란 꽃을 따다 돌멩이를 두고 놀았다. 사촌 언니 인주는 잘 웃었지만 누구에게도 말을 하지 않았다.

관을 실은 커다랗고 낡은 버스가 움직이자 오치순이 온몸을 데굴데굴 굴리며 흐느껴 우는 것을 은선은 보았다. 은선은 큰엄마가 너무 슬퍼하는 것이 무서웠다. 어서 버스가 떠나기를 바랐다. 버스라고 기억하고 있지만 그것은 상여였다고 이후에 누군가 말해 주었다.

그해 추석은 좀 늦은 편이어서 서늘하고 쌀쌀하기까지 했다. 이효신은 하루 전 차례상에 올릴 음식을 준비하느라 하루 종일 바빴다. 커다란 조기와 도미, 민어를 모두 일곱 마리나 쪄 놓았다.

"조기는 조상이고 민어는 밀어주고 도미는 도와준다고 했단다. 잊지 마라."

은선은 어머니인 이효신이 하는 말을 듣고는 흘려버렸다. 은선은 늘 제사 음식을 마련하는 것을 도우면서 자라왔지만 언제부턴가 제사를 지내지 않는 집안 사람과 결혼하리라 생각했다. 괜히 귀담아 두지 말아야겠어. 대답 대신 다짐을 했다.

"이것을 빠트리면 안 되는데, 큰일 날 뻔했어. 삶아 둔 문어를 올

20

리지 않았구나.”

문어는 문운이 트는 음식이라고 했다. 은규와 네가 차례상 마치고 먼저 음복하며 먹어 둬라. 이효신은 은선이 대학원까지 갔다면 박사는 꼭 되어야 한다고 자주 말했다. 그런 복은 조상이 도와주셔야 하는 거니까. 제사를 잘 모셔야겠구나. 조상 묘도 그렇고 유산 하나 물려준 적 없는 조상이라도 제사는 잘 모셔야 했다. 그때 이효신의 삶에 제사는 지극한 기원이었다.

하루 전 끓여 둔 탕국을 다시 불 위에서 데웠다. 탕국에는 일곱 가지 재료가 들어갔다. 소고기와 오징어와 북어, 말린 홍합에 무와 대합조개 그리고 두부였다. 탕국을 오래 끓여 두면 북어 살이 푹 우러나면서 제사상 특유의 냄새가 흘렀다. 다섯 가지 전이 구워지면서 풍겨 나는 기름 냄새와 함께 탕국의 명태 껍질에서 나오는 냄새가 바로 제사상의 냄새라고 은선은 느꼈다. 추석 송편을 미리 빚어 쪄 두었고 붉은 사과와 흰 배를 차례상 위에 올렸다. 붉고 흰 둥근 과실은 마치 죽은 자가 바라는 생명의 기운 같았다. 네모난 절편판에 떡을 올리고 거의 정신없이 상차림을 하는 어머니의 모습을 은선은 부엌에서 바라보았다. 무엇을 위해 저토록 제사에 정성인지는 모르지만 무얼 하며 사는지 알려주는 것 같았다.

은선은 제사 음식을 도맡아서 만들었다. 쇠고기는 얇게 저며 간장과 참기름과 청주와 설탕을 섞은 양념에 담가 중간 불에 구워서 산적을 만들었다. 고기 냄새에 입맛을 다셨다. 제사 음식에는 입을 대지 말아야 한다고 들었기에 조심했다. 문어는 무를 넣고 끓인 물에 데쳐서 탱탱하게 삶아 냈다. 그런 뒤 명태포를 밀가루에 묻혔다가 계란 물에 옷을 입혀 전을 구웠고 표고버섯전도 구웠다. 부추전도 굽고 두부를 지지고 나면 저녁이 몰려왔다. 다음 날 아침 일찍 일어나 추석 차례상을 올릴 시각에 맞춰 메를 안쳤다.

이효신은 추석날 아침 차례상에 둘러선 큰집의 조카들을 보았다. 오늘따라 짙은 감색 한복을 입고 온 오치순과 회색 양복을 맞춘 듯 입은 시숙, 큰조카와 작은조카 그리고 아들인 은규를 바라보았다. 오치순이 입은 한복 색깔에 맞춘 듯 조카들도 감색 넥타이를 매고 있었다. 향냄새와 음식 냄새, 막 따른 은근한 청주 냄새가 새로 마련한 제기 위에서 과꽃 향과 어우러졌다. 이효신은 이 모든 냄새가 바로 집안의 제사 냄새라고 여겼다. 시숙이 촛불을 켜고 지방을 붙였다. 현관문을 열어 두라고 시숙은 말했다.

"신발 한 짝 정도의 크기로?"

꽉 막힌 벽의 한 귀퉁이를 찢어 주는 일처럼. 죽은 자의 발자국이 들어오게.

"문을 열어 둬야 혼령이 오시지."

큰조카가 덧붙여 말했다. 바람 탓인지 촛불이 후루룩 그을음을 피우며 일제히 치솟았다. 은선은 길쭉한 돌멩이 하나를 현관문 틈에 질러 놓았다. 혼령이 발을 디딘 흔적처럼 느껴졌다.

거실이 가득 차도록 조카들과 아들 은규와 은호, 그리고 시숙과 남편이 엎드려 절을 올렸다. 그것을 본 이효신은 방 하나 건너 숨을 거둔 시어머니 곽지명의 혼령이 이곳을 지나가는 것을 느꼈다.

얼굴 한 번 본 적 없는 시아버지와 이제 목소리가 기억나지 않는 시모가 여기에서 다시 살아나는 것만 같았다. 그 일을 불러오는 사람이 바로 자신이라는 것도. 그러므로 시숙과 오치순에게서 이렇게 제사를 대신해 주어서 고맙게 여긴다는 말을 한 번쯤은 꼭 듣고 싶었다.

"저 목기 빛깔이 여간 좋은 게 아니네. 어디서 저런 것을 다 구했나?"

오치순이 차례를 지낸 후 술 한 잔을 들고 말했다. 이효신은 며칠 동안의 제수 준비와 친척들 접대에 허리가 꺾일 듯했다. 이효신도 술잔에 술을 담아 마시며 붉은빛이 도는 물푸레나무 제기 술잔을 높이 들어 바라보았다.

"재주도 좋아. 어떻게 숨어 있는 데를 찾아갔는가?"

이효신은 오치순에게 아주 멀리 갔었다고 말했다. 그렇게 멀리 갔던 것은 죽은 곽지명이 생각나서라고 했다.

"나는 한 번도 어머니가 꿈에 온 적이 없어. 이제 늙어서 나타나지도 않을 거지만. 오지 않는다면 어쩔 수 없지."

오치순은 술에 취해 말을 건너뛰었다. 오치순은 지나간 시절을 다 잊어버렸다고 말했다. 정전기가 일듯 늙어 가며 주름진 얼굴에 희미한 미소를 띤 오치순은 곧 며느리를 들일 거라고 했다.

"내가 맥없이 버린 제사인데 자네가 이리 단장을 했어. 술이 달아서 오늘은 여기서 한참 놀다가 가야겠어."

오치순이 머리를 눕히고 베개를 찾았다. 두꺼운 돋보기안경 너머 오치순의 껌벅이는 눈이 묘하게 흔들리는 게 느껴졌다.

"형님. 남원 어딘가에 제기를 잘 만든다는 소문을 듣고 우연히 그곳으로 가보았지요. 어느 집이든 남원 운봉마을에 목기나 제기 만드는 숨어 있는 기술자가 있기 마련이니까. 우연히 마주치게 되는 것을 기다렸어요. 사람 사는 게 다 우연히 만나는 거니까."

제기의 주인인 이효신은 그때 이야기를 했다. 입안 가득 기름이 감도는 생선전과 깎아놓은 알밤과 곶감의 맛을 음미하면서 한잔 마신 술로 지난 이야기를 하면서. 오랜만에 왔는데 동서가 낮잠을 자고 가면 또 어떨까 싶었다.

"채 칠하지 않은 제기들이 산처럼 쌓여 있는 공방에 한 남자가 나무를 깎고 또 깎으면서 누가 온 줄도 모르게 일하고 있더군요. 형님, 잠이 오는가 보네요. 술 몇 잔에 벌써."

이효신은 눈을 감은 오치순을 굽어보았다. 잠들기 전에 제사를 지내줘서 정말 고맙다는 한마디를 해주었다면 좋았을 것 같았다.

단 한 통의 문자 메시지도 없이 인천의 큰올케는 제사를 지내는 모든 절차를 정리해 버렸다. 올케는 은규와 오래전 동거를 해오다가 혼인신고와 함께 제사를 모시겠다는 이야기를 했다. 독일에서 유학을 하며 사진 공부를 하던 큰올케가 그런 결정을 한 것을 은선은 다행으로 여겼다. 사진작가인 큰올케에게 제사와 제기는 작품의 오브제였을지도 모른다.

은선은 부쳐 온 제기 박스를 창고에 넣어 두었다. 친정의 제사는 이제 간략한 추도 형식으로 은호네가 기독교식으로 지내게 되었다. 올케인 윤주 또한 결혼 후 자신이 제사를 모시게 될 거라고는 생각하지 않았을 것이다. 믿는다는 것은 아주 이상한 방향으로 옮겨 간다. 절대 그러지 않을 거라고 믿은 쪽으로 인생은 흘러가기도 하니까. 어머니 이효신이 오래전에 샀던 제기는 오직 곽지명을 위해서인 것이 맞았다. 은선에게 친정의 제기를 쓸 일이 없을 테니까.

은선은 아직도 왜 어머니가 백모인 오치순에게서 그렇게 순순히 제사를 받아 왔는지 알 수 없었다. 그저 좋은 사람으로 남고 싶어서였을까. 집안의 알 수 없는 미움의 불씨를 제사를 지내면서 자신이 바꿀 수 있다고 여겼기 때문일까.

마지막으로 두 번씩이나 탕국을 맛있다고 들이킨 큰집의 조카를 보는 것은 뿌듯한 일이었다. 이효신은 자신이 만들어 놓은 제사상이 이렇게 이어지는 것을 뿌듯하게 여겼다. 그날 추석 이후 돌아오는 모든 제사 때마다 이효신은 빠짐없이 새로 장만한 제기로 의례를 지내듯 제사상을 차렸다. 그사이 결혼을 한 조카는 조카며느리와 함께 차례를 지내러 왔고 그들이 돌아갈 때면 이효신은 집집마다 생선과 전 그리고 배와 사과를 한 덩이씩 넣어 보내는 것을 잊지 않았다. 어차피 제사는 어린 시절부터 이효신의 삶에 가득한 것이었다. 결혼 전에도 친정의 제사 음식을 함께했었고 결혼과 더불어 제사의 대상이 바뀌었을 뿐이라고 생각했다. 또한 제사상을 감당할 돈을 남편은 적어도 모자라지 않게 벌어다 주지 않는가.

제사를 마치고 어둡고 아득해지는 골목길을 검은 봉지에 음식을 싸 들고 걸어 내려가는 친척들의 뒷모습을 오래 지켜보았다. 그들은 이내 희미한 발걸음 소리만 남기고 떠났다. 아마 늦은 버스를 타야 될 터였다. 먼 곳으로 가는 길목에 친척들이 택시를 탈 수 있을지 모르겠다고, 그래서 다음에는 조금 더 일찍 제사를 끝내야겠다는 시숙의 말이 와닿았다.

아직도 향과 탕국에서 퍼져 나오는 미묘한 추석의 차례상 냄새가 집 안에 가득했다. 모두가 가고 난 뒤에 비로소 이효신은 종일 일한 피곤함이 무거워진 다리를 타고 오는 것을 느꼈다. 그럴 때 이효신은 뒤돌아 상을 정리하는 큰아들 은규의 등을 보았다. 그만하라고 해도 도와주는 아들의 모습이 이상하게 좋았다. 군대를 다녀오고 학교에 복학하고 그리고 아들은 결혼을 하고서도 다시 이곳 제사상을 찾아올 테니까. 어쩌면 이 모든 제사의 무게는 저 아들에 대한 사랑인지도 모른다. 제사상에 올린 제기와 그 위를 채운 제물들이 마치 끊어지지 않고 이어지는 숨결만 같았다. 그런 생각이 든 것을 이효신은 신기하게 여겼다. 나이가 들어간 후에야 느끼는 감정이었다.

근육이 잘 발달한 은규의 등에 착 붙는 와이셔츠는 여자 친구가 사준 거라고 했다. 잘 차려입은 양복처럼 어디 내놓아도 손색없는 제사상. 싹싹한 은규의 여자 친구가 며느리가 된다면 이어받을 이런 풍경을 떠올려 보았다. 내 손으로 제사 음식을 해서 이렇게 먹일 수 있다는 게 천만다행이라고 거듭 되뇌었다.

　그 추석날 밤 이효신은 잠들 수가 없었다. 새벽 두 시가 넘어 보름달은 하늘의 정중앙을 지나 집 안 작은 뜰에 머물렀다. 제기를 잘 닦아 함에 넣어두고 설거지를 하고 이불을 깔고 누워도 잠이 오지 않았다. 이제 자신의 나이가 저 보름달처럼 이제 부풀었다가 하현으로 저무는 일이 남았을 뿐임을 떠올렸다. 더 이상 새로운 일도 설레는 일도 없지만 어두운 밤 부엌의 함 속에 층층이 쌓아 둔 제기처럼 그 자리에 꼼짝도 없이 그렇게 쓰이다가 나이 들 것임을 받아들였다. 이런 명절날의 밤이 이제 몇 번 더 있을까 싶어 손으로 꼽았다. 몇 번의 차례상 이후 자신의 나이도 예순이 넘을 것임을. 밤 깊어도 잠이 오지 않아 자리에서 일어났다. 이효신은 친척들이 사라져 간 골목길을 바라보았다. 오늘 저녁녘까지 만난 그들이 마치 전생에서 만난 이처럼 아득하게 여겨졌다. 친척이란 이름의 그들은 진짜 누구일까. 가깝지도 멀지도 닮지도 않은 그들. 이제 더 이상 달은 부풀지 않으리라. 가을 풀벌레 소리가 가득했다. 추석 보름달이 딱 지금의 나이인 듯했기에 이제 인생이 저물어 가는 것을 천천히 바라보는 것도 좋다고 생각했다.

　남편은 이불을 코 위까지 덮은 채 잠들어 있었다. 불룩한 들숨을 쉬는 남편의 몸을 보자 이효신은 그가 먼저 죽는다면 제사를 잘 지내주고 싶다는 생각이 들었다. 제사는 여자가 지내는 것이라고, 이 집안의 제사는 아마 이 제기로 줄줄이 이어질 것이다. 앞으로 얼마나 먼 세월일까. 시간은 밤에 뒤돌아서 보는 풍경처럼 언제나 등 뒤에 가깝게 와 있었다.

은선은 결혼 후 첫 제사 때 입을 한복을 지으려고 진시장의 골목길을 살피고 있었다. 한참 기억을 더듬어 좁은 계단을 올라가서 문을 열자 작은 한복 가게인 옥담 주단 가게가 나왔다. 옥담 주단 가게 60대 중반 한복 명장이라는 여자가 소매를 걷어붙이고 앉아 앉은뱅이 재봉틀을 돌리고 있었다. 미니어처처럼 작은 방 안에 다닥다닥 붙은 주단 가게들. 시댁의 조상을 모시는 첫 제사에는 친정에서 해온 제사용 한복을 입어야 한다고 은선의 시어머니가 말했다. 싼값에 할 수 있는 옥담 주단 가게 찾았다. 한복은 이미 결혼할 때 두 벌이나 했음에도 제사 모실 때 쓰이는 한복이 필요한지는 알지 못했다. 제사가 있기 한 달 전쯤 은선은 자신의 용돈을 털어서 다시 한복을 맞췄다. 은선이 카메라를 사려고 모아 둔 돈이었다. 또 다른 중년의 여인이 은선의 어깨 폭과 팔 기장을 재고 숫자를 적었다. 나이 들어 아이가 생기면 어깨가 더 부풀어 오를 거니 품이 넉넉한 치수로 만들어 주겠다고 했다.

앞치마와 한복을 입고 허리끈을 묶은 채 은선은 국거리에 들어갈 무를 다듬는 시모의 옆에서 고기 완자를 지졌다. 낮은 가스불에 고기가 타지 않고 은근히 구워지도록 완자 모양을 공들여 다듬었다. 오래도록 달궈진 기름 연기에 머리가 지끈거렸다. 불편한 한복은 꼼짝없이 은선이 이 집안의 며느리라는 것을 더없이 어울리

28

게 해주었다. 불편하지만 남 보기에 좋았는지 모른다. 옷자락에 물이 닿고 거추장스러워지자 시모는 은선에게 옷을 갈아입고 제사를 올릴 때 다시 한복을 입는 게 낫겠다고 말했다. 은선은 다시 구석방으로 가서 출연을 기다리는 쇼 프로의 참여자처럼 불을 끈 채옷을 갈아입었다. 어두운 구석 장롱 거울 속에 낯선 자신의 모습이 있었다.

제사 음식은 하루 종일 더디게 진행되었다. 오전부터 저녁나절까지. 정성을 들여야 하는 제사 음식은 아주 천천히 느리고 정갈하게 구워지고 볶아졌다. 그럴 때면 시모는 은선에게 삼십 년 넘게 지내온 제사 음식을 이야기했다.

"제사 음식에서 나는 탕국 냄새가 멀미가 날 정도가 되니 벌써 나도 반백이 되더라. 나도 젊을 때 제사 음식 하다가 바닥에 떨어뜨린 연근전 하나를 입에 넣으려다가 시어른에게 혼쭐이 났는데, 제사 마치고 머리에 무거운 음식을 통에 이고 지고, 애들 손잡고 통행금지 될까 조바심 내면서 잠투정하는 애들 데리고 돌아온 기억이 나는구나."

은선은 그날 제사가 끝나길 기다려 밤을 새워 방송국에 보낼 자료를 정리했다. 대학원을 마치고 겨우 자리 잡은 지방 라디오 방송국의 영화 관련 대담 자료였다.

"내가 탕국이면 자다가도 열이 뻗친다. 이제는 네가 다 배워서 하거라. 나는 너무 오래 해서 냄새도 맡기가 싫구나."

시모는 커다란 찜통에 반쯤 마른 조기와 서대를 넣어서 쪘다. 생선이 익어가는 비리고도 구수한 냄새가 났다. 제사 음식이 거의 다 마무리되는 때였다. 생선이 다 쪄지면 그 위에 다시 잔 파와 실고추로 고명을 해 올려 두었다.

"나도 전에는 내 손으로 전을 부쳐 본 적도 없이 컸어. 우리 친정 집안에 일해 주는 사람이 서너 명이나 있어서. 네 시아버지는 다 먹지도 않을 제사 음식을 만장같이 만들어 놔야 하는 사람이다. 제사 하나는 까다롭단다."

은선은 결혼 후 몇 년 뒤 시모에게서 제사를 물려받았다. 시댁 제사에 쓰일 제기를 닦으며 그 나무가 검은빛으로 투박한 질감을 가졌다는 것을 알았다. 집마다 제기도 제사 음식도 제사 방법도 달랐다. 제사를 모시는 여자들의 말투도 달랐고 제사를 받드는 남자들의 매무새도 달랐다. 은선의 시어머니는 제사를 싫어했다. 하지만 제사 음식을 준비하는 내내 극도의 정성을 다했다. 찐 생선 위에 고명을 올릴 때도 가늘게 채를 친 붉은 실고추며 잔칼질을 한 실파를 단 한 가락도 흘러내리지 않게 조심해서 꾸미를 올렸다. 오랜 시간을 들여서 준비하면 그때야 시아버지가 상차림을 해 나갔다. 은선은 제사를 치르는 한복을 갈아입고 선 채로 시아버지와 남편이 엎드려 절하는 모습을 바라보았다. 제사 음식 장만을 다 끝낸 은선은 시어머니가 어두운 베란다 구석 기둥에 기댄 채 의자에 앉아 제사가 끝나기만을 기다리는 것을 보았다.

은선은 어머니가 운봉마을의 장터에서 목기를 깎던 한 장인을 만난 장면을 자주 생각하고는 했다. 그러나 아무리 생각해도 어떻게 그곳까지 가서 낯선 장터의 목기 상점에서 한 곳을 골라 제기를 사들여 왔는지는 알 수 없었다. 지리산물푸레나무가 더 끌렸는지도 모른다. 물푸레나무로 만든 제기.

은선은 남원의 운봉마을 어느 곳에서 칠 냄새를 지우려 제기를 늘어놓은 목기 장수를 떠올린다. 그가 멍하니 어딘가 길을 바라보고 있을 때 어디라고 정하지도 않은 채 그저 이리저리 제기를 들었다가 놨다 하며 어쩔 줄 모르는 한 중년의 여자를 보았을 거라고. 물푸레나무가 얼마나 단단한지 얼마나 정결한 나무인지 그렇게 이야기를 하며 팔았을 거라는 생각이 들었다. 은선은 그때 어머니 이효신도 지금의 자신과 다름이 없었을 거라는 마음이 들었다. 그것을 생각해 보니 조금 울컥했다. 남원 어딘가에 있다는 것은 아주 멀리 있다는 거였다. 멀리 있다는 것은 아득해서 멋진 곳일 테니까. 그래서 그곳까지 어머니는 버스를 타고 가보고 싶었을 거라고 여겼다. 처음으로 그렇게 혼자서 멀리 남원의 운봉마을로 가서 제기를 사온 이효신을, 이제는 세상에 없는 어머니를 은선은 새삼 그리워하게 되었다.

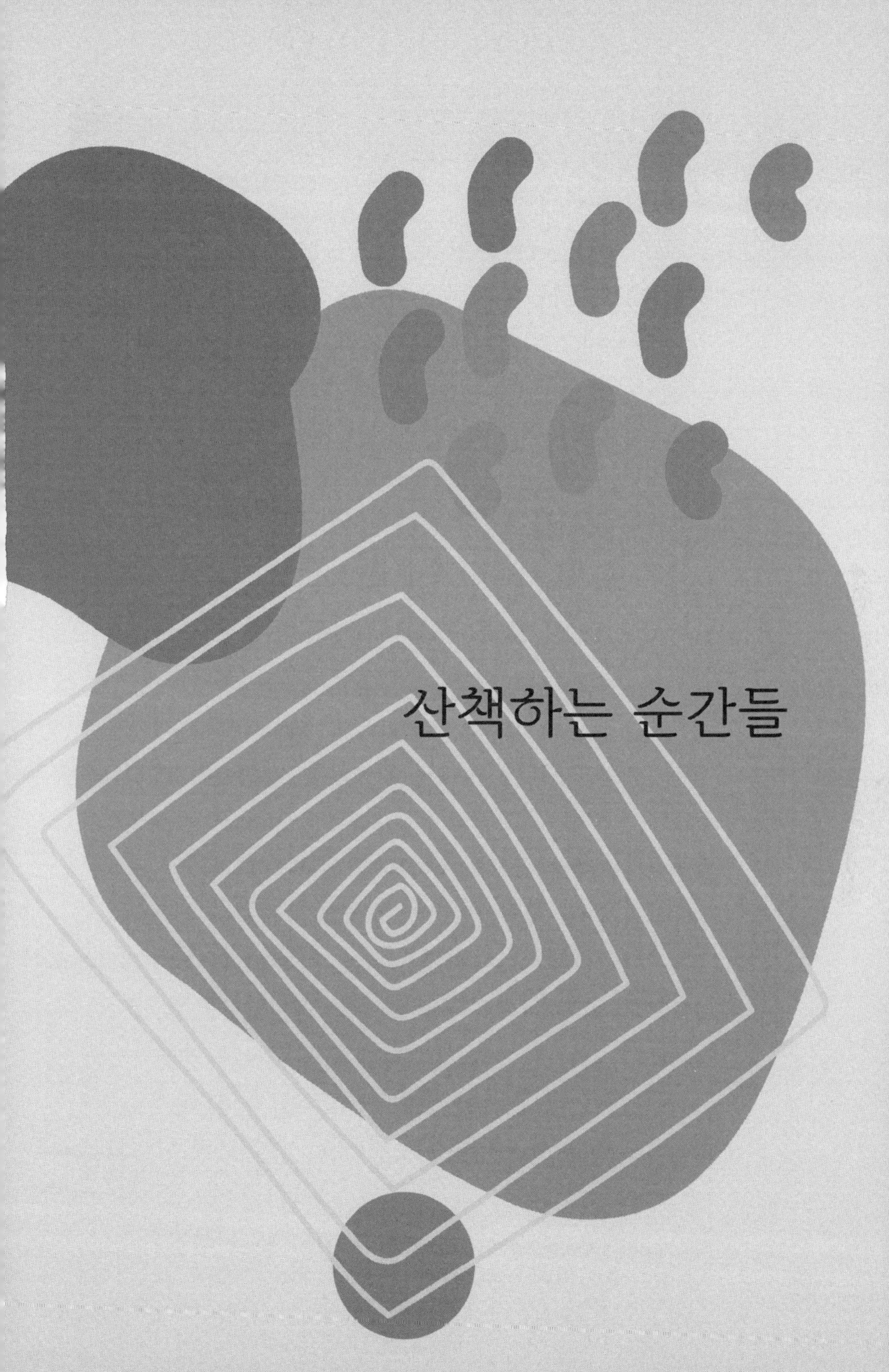

산책하는 순간들

　열세 살이던 도영이 갖고 싶던 것은 부드러운 꽃무늬가 있는 홑
이불이었다. 자신에게 딱 맞는 이불. 크기와 두께, 감촉과 냄새까
지. 식구 중 그 사실을 아는 이는 없었다. 그런 부드러운 애착 이불
을 늘 가지고 싶었지만 그것은 이루어지지 않았다. 애착 이불이 없
었음에도 애착 이불에 대해 집요한 생각을 하는 도영은 가져본 적
없는 이불의 촉감과 냄새를 만들어 냈다. 어두운 밤이면 상상의 이
불을 뒤집어쓴 채 음악을 듣거나 책을 읽거나 빗소리를 듣고 있었
을 사춘기 시절의 자신을 떠올렸다. 영국 밴드의 음악이 라디오에
서 들려오면 축축한 풀 속 진흙을 밟고 나아가는 눅눅한 신발의 느
낌을 감각하며 애착 이불을 머리 위로 덮어썼다. 어떤 순간은 단지

안다는 것만으로 감각해 보지 않은 상태를 감각한 듯 자신을 속일 수 있었다. 도영은 그렇게 커 나갔다.

버틸 수 없이 힘들던 스물아홉 시절에도 휘둘러 어깨를 완전히 덮을 수 있고 몸을 숨길 수 있는 낡은 애착 이불을 가진 듯이 속 썩이지 않는 맏딸인 도영은 꿋꿋했다. 이후 애착이 필요한 시간은 흘러 지나가고 애착 이불이 없는 시절의 어리숙한 도영도 사라졌다. 하지만 누구나 버릴 때가 되어 필요하지도 않은 애착 이불을 여전히 손에 들고 있는 모습이 가끔 도영에게 보였다.

스물셋이 넘어 도영은 친구의 방에서 한 남자의 포스터를 보았다. "누구지, 저 사람은?"

비에른 보리. 그랜드 슬램을 달성한 테니스 선수라고 했다. 대학교 때 테니스 동아리에서 활동하던 친구는 이후로도 오래 그를 좋아했다. 친구는 대학 시절 선배로부터 몇 년 정도 배운 테니스 실력으로 테니스를 칠 때면 비에른 보리를 자주 말하고는 했다. 그녀의 우상. 그녀는 자신의 테니스 엘보를 자랑스러워했고 이후 졸업하고도 테니스 동아리의 친구들을 만날 때면 비에른 보리에게 건배했다고 웃었다.

도영은 자신의 청춘 시절에 그다지 열광한 인물이 없다는 사실을, 그저 그렇게 지내 왔다는 것을 알고 있다. 마이클 잭슨의 음악도 신디 로퍼의 음악도 그랬다. 애착할 어떤 흡반을 가지지 않았고 다른 이들의 애착이나 갈망이 때로는 성급하게 여겨지기도 했으니까. 왜 어떤 이들은 그렇게 자기 애착물을 보여주는 데 주저하지 않고 또 어떤 이들은 그런 열광 없이도 한 시절을 보낼 수 있을까. 정말 도영에게는 뜨거움이 없던 것일까.

고등학교 시절 생상스의 〈동물의 사육제〉 중 백조를 좋아하던 한 친구는 늘 이어폰으로 음악을 듣고는 했다. 청소 시간에 들리는 팝 음악에 질색했다. 서로에 대한 질투가 컸던 반 친구 중 몇몇은 청소 시간에 들려오는 스피커 속의 팝 음악을 따라 부르며 생상스의 백조를 괴롭히기도 했다. 이후 열렬하게도 음악은 여러 계파로 나뉘어 버렸다. 그것도 없던 도영은 조금 허둥거렸다. 애착물이 없는 것은 비밀이 없는 것만큼 스스로 지루해 보였다.

도영의 어머니는 애착물을 그리 선호하지 않았다. 몇 년에 걸쳐 한 번씩 집 안의 물건들을 정리하거나 버렸고 어딘가 상자에 넣어 숨겨 두었다. 당장 버릴 수 없는 것은 천천히 잊히다가 편하게 버릴 수 있도록. 오랜 시간 동안 취미로 아버지가 만들어 둔 모형 범선도 몇 년 후 어딘가로 보내 버리고, 액자에 담긴 누군가의 서예 글들도 어느 시기가 지나면 누군가에게 줘 버렸다. 그러기에 집 안에는 오래된 이야기가 담긴 물건이 있을 리가 없었다.

나이가 든 이후로도 도영은 자신에게 그런 예민한 기호가 가져다준 특별함이 존재하지 않은 것을 아쉬워했다. 하지만 마흔이 넘어서도 그런 이불을 사러 시장에 간 적이 없었다. 이불뿐 아니고 애착 가방도 애착 그릇도 없이 지냈다. 어느 것도 편애하지 않는 도영은 애착물이 없는 사람으로 커 나갔다. 살아가는 데 나쁘지 않았다. 자유로웠고 편견이 없다는 이야기를 듣고는 했다. 도영은 어떤 특별한 것을 고를 수가 없었다. 고른 후에 다시 보면 어떤 것도 특별하게 여겨진 적이 없었다.

금계국이 가득 핀 언덕의 모퉁이를 돌아 이 동네에서 유명하다는 낙지볶음집 옆에 카페가 있었다. 게이샤 커피. 에티오피아 원두. 카페 문 앞 작은 손 글씨가 적혀 있었다. 나직한 돌담을 지나 한들거리며 핀 금계국을 따라 언덕 끝까지 가면 분홍 벽돌로 지어진 성당이 보인다. 마리아와 어린 예수 성상이 보이던 성가정 성당이었다. 이곳에 온 몇 달 동안 도영은 산책을 위해 이 거리를 걸었다. 성당은 멀리서 봐도 아름다웠고 가장 먼저 눈에 띄었다. 하지만 이른 아침에도 오후에도 성당의 출입문은 잠겨 있고 조용했다.

어느 이른 아침에 성당 방향으로 사람들이 몰려드는 것을 보았다. 천천히 걸어오던 칠십 대의 부인 몇몇이 성당 안으로 들어갔다. 깔끔한 옷차림, 손에 든 에메랄드색 구슬이 달린 묵주. 차를 주차하고 오는 남자들 몇 명도 누군가와 인사를 나누며 성당 안으로 들어갔다. 처음 이 성당을 보았을 때 도영은 언제 미사가 열리는지 성당 앞 유리문에 적힌 공지 사항을 보았다. 일주일에 서너 번 정도, 성당이 문을 여는 시간은 생각보다 짧았고 그나마 그 시각이 언제인지 정확히 인지하지 못했다. 성당 문이 활짝 열린 것을 본 적이 없었기에 이곳에 이렇게 사람들이 모여들 것이라고 생각하지 못했다. 도영은 성당에 한 번 들어가 볼까, 하는 생각이 들기도 했다. 하지만 이곳에 이름과 주소를 등록해야 할 것 같아 망설였다.

도영은 가톨릭 재단인 여자 중학교에 다녔다. 한 달에 몇 번 미사를 드리는 종교 활동을 모든 학생이 함께했다. 성당에서 부르던 찬송가를 아직도 기억했다. 학교 부속 성당으로 들어가면 수녀님 한 분이 높고 고요한 목소리로 노래하고 여학생들은 언제나 이어지는 후렴구를 따라 불렀다. 기도와 함께 이어지는 "주님의 어린 양"이라는 신부님의 말이 끝나면 여학생들은 언제나 "옳으신 말씀입니다."라고 말을 이었다. 성가대에서 찬송이 흐르면 어쩐지 보이지 않는 손이 하늘에서 내려와 서로서로 당겨 주며 자신을 이끌어 주는 듯 여겨졌다. 도영과 친구들은 한 번씩 학교 안 성당에서 거행된 결혼식을 기다렸다. 혼배 성사를 마친 신랑과 신부가 드레스를 입고 사진을 찍고 있으면 그 모습을 보기 위해 교실 창밖으로 고개를 내밀었다. 그럴 때면 지나가던 수녀님도 기분 좋게 웃었다. 도영과 친구들은 수녀님이 결혼식을 부러워하는 거라고 속삭였다.

도영은 시험 전날이면 늘 시험 성적이 잘 나오게 해달라며 성당의 마리아상 앞에 엎드려 꽃을 바치고 오래 기도를 하던 한 친구를 떠올렸다. 오래전 그 성당의 기억은 좋았다. 그러기에 도영은 이곳의 성당 앞에서도 한참 기웃거렸는지 모른다. 시간이 되면 이 성당에서도 피아노 소리가 울리고 찬송가가 들릴지 모른다. 하지만 도영은 사람들 사이를 뚫고 성당을 지나쳐 왔다. 이곳에서 자신의 이름과 주소를 말하고 어딘가에 매인다는 게 바람직하다고 여겨지지 않았다. 다시 이 성당의 문이 열리고 그날처럼 총총히 걸어오던 묵주를 든 노부인들을 도영은 만날 수 없었다.

처음 도영이 이곳 원룸에 왔을 때는 이월이었고 눈발이 흩날렸다. 금세 봄이 지나고 야산의 언덕에 초여름이 오자 노란 금계국은 일제히 자라났다. 유월에 비가 많이 내린 후 기세등등하게도 꽃은 성당을 가릴 듯이 무성해졌다. 한 달 전 도영은 성당을 지나 언덕으로 올라갔다가 산길로 이어지는 곳까지 이르러 걸음을 멈추었다. 길을 가다 보니 아무도 이 산길로 지나다니지 않는다는 것을 알게 되었다. 멈춰 서서 이 길들이 어디로 이어지는지 궁금해하기도 했다. 야산 등성이에 오래 서서 보이지 않는 길을 바라보았다. 어떤 날은 혼자서 걷다가 일찍 돌아왔다. 이곳을 좀 더 돌아보려면 전체를 보는 이곳의 지도가 필요하다고 느꼈다. 하지만 어디로 가고 싶은지 어디로 가야 하는지 도영에게는 목적지가 따로 없었다. 길을 걷다가 꽃이 흔들리는 모습을 보면 사진 찍었다. 어두워질 때 멀리서 성당의 붉은 십자가 불빛이 보이면 사진을 찍어 두었다. 끝까지 가보지 않은 산길을 그냥 사진에 담았다.

그날 산 정상까지 가지 않고 일찍 돌아 나오던 도영은 근처를 산책했다. 조금 늦은 시각, 외벽의 불빛이 노랗게 켜진 카페는 조용하고 안락한 분위기였다. 도영은 길모퉁이 카페의 외관을 사진에 담았다. 사람들의 뒷모습이 창가에 어른거리며 재즈 음악이 흘러나오는 것이 마치 아주 오래전에 가본 장소 같기도 했다. 외관을 빙 둘러보며 도영은 다음에 와야겠다고 마음을 먹었다. 무제카페. 이곳의 지명과 카페 이름을 검색하자 최근순으로 이곳을 다녀간 이들의 후기가 남았다.

#무제카페 #커피무릉도원 #분위기천국 #원두최애 #애정하는초록빛창문

도영은 어느 한 블로그의 후기에 접속했다. 몇 개의 사진과 함께 그곳의 유리창이 보였다. 도영이 외부에서 보는 창이 사진에서는 내부에서 밖을 찍은 모습이었다. 은빛토끼라는 이름의 블로그였다.

낯선 곳에서 도영은 하루 한 뼘 정도의 익숙함만으로 살아가고 있다. 어제와 조금 더 달라진 익숙함을 얻기 위해 어제 한 번 간 길을 다시 걸어가 보면서 익혀 나갔다. 하지만 이곳을 깊이 알지 않을 것이고 이곳 어디에라도 애착할 만한 곳을 만들어 두지 않을 작정이었다. 몇 달 후 가을 지나 겨울이 올 때면 이곳을 떠나야 했다. 처음 작정한 대로 열 달 정도만 지내고 이곳을 떠날 것이고 다시 이곳에 올 일은 없을 것이다. 이곳의 여름이 얼마나 더운지 비는 얼마나 오는지 모른다. 또 이곳에는 태풍이 일 년에 평균 몇 번이나 오는지 겨울에 눈은 얼마나 많이 오는지도 알지 못한다. 이곳의 이름난 산과 계곡도 도영은 알지 못했고 이곳에 있는 미술관도 예술의 전당도 가는 일이 없을 것이다. 또한 시청을 가는 일도 주민센터에 가는 일도 없을 것이다. 아주 가끔 우산을 챙겨야 할 때 오늘의 날씨 앱을 켜서 이곳의 날씨 정보를 볼 뿐이었다. 또한 이곳에서 누군가를 만나는 일도 카페에서 누군가와 커피를 마실 일도 없을 것이다.

도영이 거주하는 원룸 주변에는 빈 땅이 많았다. 몇 년 전 새로

지어진 신축 아파트 단지와 상가들을 제외하면 공터가 펼쳐져 있었다. 우연히 길을 걸어가다가 공원 한편에 이곳의 유래가 적힌 기념비를 보았다. 이곳에 택지를 개발한 일과 이곳의 이름과 하천의 유래가 적혀 있었다. 백제 시대까지 거슬러 올라간 이곳에는 대나무가 많이 자란다고 적혀 있었다. 하지만 한적한 그곳은 여전히 사람이 드나들지 않았고 유래비가 있는 공원의 한구석 무성하게 핀 흰 꽃 위를 벌들이 꿀을 찾아다니고 있었다.

성당을 지나 길의 끝에 다다르면 운전기사들이 쉬어 가는 쉼터가 있었고 호남고속도로의 지선이 이어지는 도로가 나왔다. 그 길로 더 이상 걸어갈 수 없기에 지나다니는 사람도 없었고 고립되어 버린 듯했다. 도영은 오히려 편안함을 느꼈다. 더 가보지 않아도 되는 길의 끝에는 봄부터 자라나기 시작한 옥수수가 거대한 초록빛으로 자라나고 있었다.

다이아몬드 형태의 헝겊 조각 180개가 모여 다양한 무늬가 된다. 뒷면은 자디잔 꽃무늬가 있는 부드러운 면 이불이다. 딸이 다섯 살쯤 지영은 퀼트 이불을 만드는 모임에 나간 적이 있었다. 딸의 이불을 만들어 주려고 상가를 몇 번 둘러보다 보니 여자들이 모여 바느질과 다과를 함께하고 있는 곳을 보았다. 지영은 바로 회비를 내고 그곳을 다니기 시작했다. 바느질을 할 때면 지영은 입은 다물고 귀를 활짝 열었다. 다들 바느질을 한 내공이 십 년 가까운 여자들이 모여 있었기에 서로 아는 것도 자랑할 것도 많았다. 바느질을 배우기 위해 일본을 다녀온 이도, 프랑스 자수뿐 아니라 리넨 옷을 만들기 위해 거짓말 조금 보태서 지구를 한 바퀴 정도 돌아봤다는 이도 있었다. 모든 것은 어쩌다 이야기하다 보니 나온 과장일 수도 있었다. 몇 시간의 바느질을 하고 문득 지영은 유치원에 가 있는 딸이 돌아올 시각이 걱정되어 금세 바느질감을 접고 집으로 마음 졸이며 돌아왔다.

그즈음 지영은 아이들이 스쿨 존에서 교통사고를 당한 소식을 자주 들었다. 어린이 교통사고 뉴스와 오래전 유괴를 당한 아이의 이야기들이 바느질하는 모임방의 주요 이야깃거리였다. 지영은 오후 세 시경 딸아이가 내리는 유치원 셔틀버스 정류소에 나가기 위해 퀼트 가게에서 빨리 나섰다.

어린 시절 지영은 맞벌이하는 어머니에게 자주 매달렸다. 비가 오거나 준비물이 없을 때도. 늦은 밤까지 가게 일을 하느라 집에 오지 않는 어머니가 걱정되어 늘 기다렸던 기억이 떠올랐다. 그럼에도 늘 집안은 여유가 없었다. 어머니와 손을 잡고 집 부근 경양식 식당에 한 번 가보지 못했다. 살기에 바빴다고 어머니는 지영의 결혼식 때 그녀를 안아주며 말했다. 그렇게 몇 달이 지났지만 180개의 천 조각으로 이불을 만든다는 게 쉽지 않았다. 딸에 대한 걱정으로 밖에 나오면 일이 손에 잡히지 않았으니까.

"굳이 직접 만들 필요가 있니? 누군가 만든 것을 사면 되잖아." 남편이 말했고 이후 헝겊 조각들은 이어지지 못하고 남겨져 버렸다. 지영은 어두운 밤 집 안에서 잠들어 있는 아이를 보며 아무런 사고가 일어나지 않은 평범한 일상에 마음이 놓였다. 무슨 이유로 이렇게도 한 아이를 걱정하고 사랑하는지 이불 조각을 매만지며 이상한 열기에 들떠 있었다. 그때부터였다. 지은은 결혼 후 한동안 쓰다가 그만둔 블로그에 딸의 이야기와 하루하루의 안심되는 일상에 대한 감사 글을 올리는 데 열성을 보였다. 인생살이의 보고서를 쓰고 있는 기분으로. 언젠가 무슨 일이 일어났을 때 충분한 증거 자료라도 되어야 할 듯이. 딸과 자신이 살아 있고 또한 잘 살아왔다는 것을 남겨 두고 싶었다. 존재 증명을 위해서. 그래야만 알 수 없는 이 불안감이 조금은 식을 듯했다. 벌써 사 년 전이었다. 그리고 지영은 좀 더 넓고 쾌적한 공간인 이곳 아파트로 이사를 왔다. 이곳은 너무 조용하다는 것 외에 모든 게 다 괜찮았다. 다행히 남편의 회사 일도 순조롭기에 조금 외롭다는 것을 빼면 어려울 게 없었다.

조용하고 외로운 것. 그것은 아무리 생각해도 지영의 몫인지도 모른다. 지영은 새 학기가 지나 딸아이에게 반짝이는 구두를 사준 것을 기념으로 블로그에 글을 올렸다. 걸을 때마다 불빛이 나오는 구두를 딸아이는 좋아했고 가격 대비 만족스러웠다. 아홉 살 딸은 카페에서 비싼 벨기에 초코 음료를 먹었다. 지영은 딸의 얼굴을 피해 등과 반짝이는 신발이 살짝 들어간 뒷모습을 사진에 담았다. 남편의 손이 들어간 사진은 지워 버렸다. 그때 창밖으로 연둣빛 풀이 돋아나기 시작했고 지영의 마음은 녹색의 창가에서 기쁘게 그 빛과 어우러졌다. 조심성이 많은 지영은 #애정하는초록빛창문 #내돈내산 #무제카페, 그렇게 블로그에 올렸다.

처음 이곳에 와서 도영은 원룸을 나서지 않았다. 초봄이지만 추웠고 하루 종일 원룸의 방 안에 있을 때면 언제나 다른 방에서 여닫는 서랍 소리를 들었다. 이른 봄에도 몇 번 싸락눈이 내리기도 했다. 유리창에 퍼져 나가던 싸락눈의 조각들이 소리를 냈다. 옆방에서 들리는 드르륵거리는 서랍 소리는 방과 방 사이에 거리감을 만들어 주었다. 금요일 밤이면 간간이 웃음소리와 물소리가 들렸고 신기하게도 어느 방에서인지 맥주병 뚜껑을 따는 소리까지 들렸다.

몇 달이 지나 기온이 오르면서 창문을 열어 두니 원룸에 인접한 식당에서 나온 사람들이 내뱉는 소리가 들려왔다. 식당에서 나온 이들은 하나같이 도영의 이 층 원룸 창가 바로 아래에서 담배를 피우고 잡담을 나누었다. 담배 냄새가 올라오고 식당에서 켜둔 환풍기 소리도 들려왔고 술에 취한 이들의 목소리도 올라왔다. 그들은 제 속사정을 큰 소리로 말하고는 했다. 전화로 이야기를 나누는 사람조차 비밀 없는 이야기를 짧은 순간 창가 아래에서 폭로했다. 그럴 때면 도영은 밖으로 나와 그들의 얼굴을 확인하고 싶었다. 물론 얼굴을 본 적은 없다. 그들은 언제나 재빨리 담배 한 개비만 피우고 서성이며 농담을 하다가 사라져 버렸다.

도영은 저녁이 되면 밥을 먹으러 인근 국밥집에 가기도 하고 먼 길을 걸어 김밥을 사 오기도 했다. 오후가 되면 문을 여는 바로 옆 식당의 돼지갈비 냄새는 식욕을 자극했다. 하지만 혼자서 그 식당에 들어가지는 않을 것이다. 도영은 식당 이름을 넣어 검색을 했다. 블로거 은빛토끼도 이곳 식당에 다녀간 후 식당의 테이블을 찍어 올려 두었다. #내돈내산 #가성비좋은식당. 은빛토끼는 이곳에 세 번 다녀갔고 앞으로도 또 방문 의사가 있다고 했다. 이곳의 음식이 고향인 진주의 음식 맛과 비슷하다고 했다. 특히 파김치가 맛있다고 했다. 도영은 은빛토끼의 블로그에 올라온 테이블의 음식 사진을 보았다. 도영이 창문을 열어 아래층 식당을 내려다본다면 비스듬하게 유리창에 비친 똑같은 음식을 바로 볼 수 있는 셈이었다. 은빛토끼 블로그 속 다른 식당의 후기들도 찾아보았다. 은빛토끼는 이 부근에 살고 있고 이 주변을 잘 알고 있는 사람이었다.

단 한 번 가보고 두 번 다시 가보지 않은 곳이 얼마나 많았던가. 만리장성의 돌계단에 앉아 운남성에서 온 알록달록한 옷을 팔던 늙은 여자가 기억났다. 선 채로 조금씩 주먹밥을 먹으며 관광객을 기다리던 늙은 여자는 도영과 눈이 마주쳤다. 뜨거운 여름이었고 도영에게는 짧은 휴가였다. 북경은 몹시 덥고 후덥지근했다. 도영은 그때 여행지에서 친구도 없이 혼자서 여행 내내 돌아다녔다. 도영이 다니던 회사가 막 시작한 여행 사업의 목적으로 몇몇 사원에게 주어지던 일종의 보너스 여행이었다. 그러기에 도영은 자신에게 맞는 시간도 장소도 고를 수가 없었다. 하여튼 혼자서 걸어 다닌 여행이었고 도영은 사보에 여행의 후기를 작성했다. 먹었던 음식과 잠을 잔 호텔의 서비스에 대해. 그때 여행지에서 만난 단 한 번만 만난 이들을 떠올린다. 하지만 단 한 번만 만나고 얼굴도 모르는 이들을 기억할 수는 없었다. 때로 수많은 사람이 떠오르기도 하지만 그 모습은 한 덩어리로 뭉쳐 희미하기만 했다.

도영은 여행지에서 만난 무수한 사람의 얼굴을 찍은 어떤 사진가의 작품집을 좋아한다. 티베트 방랑. 산간 오지에서 우연히 마주친, 다시 만나지 못할 사람이기에 더 좋았을지도 모른다. 누군가와 가까워지고 싶기도 하지만 결코 자신의 모습을 알려주고 싶지 않은 기분을 사진 속에서 보았다.

이곳에 와서 도영은 휴지와 3킬로그램 쌀을 샀고 몇 가지 양념 소스를 사고 세탁 세제도 샀다. 김치와 반찬거리를 사기 위해 인근 백화점의 지하 마트에 갔다. 그리고 아침에 먹을 빵과 커피를 사기 위해 동네를 돌아다녔다. 걸어서 십 분이 걸리는 베이커리는 성당 가까이 있었다. 그곳에서 샌드위치를 만들 식빵과 소금빵, 커피를 샀다. 그렇게 사 두고 아침에는 감자 계란 샌드위치를 만들어 먹었다. 이삼 일에 한 번씩 베이커리에 가기 위해 집에서 나와 아침 산책길을 걸었다. 이곳에 와서 두세 달이 지나면서 그 길은 도영의 유일한 산책로가 되었다.

원룸에서 나온 도영은 주소 앱을 켜보고 지도에 올라온 인근 식당을 찾아갔다. 그곳에 그저 그 식당이 있다는 것을 알아보기 위해서였다. 하와이안 포케로 이름난 곳과 불고기백반으로 줄을 서는 곳, 예약제 손님만 받는 미용실과 김밥집 등을 찾아다녔다. 이후 도영은 후기를 본 뒤 미용실에 머리를 커트하러 갔다. 도영은 미용사에게 자신이 하루이틀이면 이곳을 떠날 여행자인 듯 말했는데 미용사는 이곳의 이름난 계곡 명소를 알려 주며 떠나기 전에 꼭 다녀오라고 했다.

그렇게 산책으로 하루를 거의 보낸 뒤 도영은 고속도로로 이어지는 외곽 지역으로 한 번씩 걸어가 보았다. 꽤 많은 사람이 어딘가 둥근 돔 모양의 건물에서 걸어 나오고 있는 것을 보았다. 도영은 그곳이 어떤 곳인지 알 수 없었다. 둥근 건물은 멀리서 보면 거대한 우주선을 연상시켰고 푸른 잔디 위에 놓인 거대한 흰 찻잔처럼 보였다. 넓은 대지 위 어딘가에 드나드는 입구와 차단기가 있을 듯했다. 그곳으로 가는 입구가 정확히 어디인지 도영은 알지 못했기에 지도 앱을 켰다. 이곳의 도로가 어디에서 끊어지고 어디까지 이어지는지부터 알아야 했다. 지도 앱을 보며 도영은 인근의 건물을 찾으며 걸어 다녔다. 그곳은 어느 타이어 회사의 연구 기관이라고 적혀 있었다.

문을 열자 커피 향이 물씬 흘러나왔다. 커피를 볶는 열기가 잠시 얼굴을 스쳐 갔다. 도영은 창가 자리를 찾으려고 실내로 들어가 둘러보았다. 혼자 커피를 마신다고 해도 마음에 드는 자리가 필요했다. 가족인 부부와 여자아이가 자리에 앉아 있고 좌석은 이미 사람들로 가득했다. 낮은 재즈 음악이 흐르고 젊은 대학생 연인은 노트북을 켠 채 구석 자리에서 머리를 맞대고 있었다. 앉을 곳을 찾지 못한 도영은 밖으로 나왔다. 카페 무제를 나오며 도영은 빙글빙글 도는 빛을 그곳에서 잠시 본 듯했다. 어쩌면 여자아이가 신은 신발에서 나오는 불빛인지도 모른다.

검색은 어디서나 유용했다. 도영은 이곳의 지역 이름과 그리고 부근의 카페 상호를. 그리고 카페의 실내 분위기와 평점을 찾아보았다. 청대동 무제커피. 잠깐 챙겨 본 검색에는 그곳을 다녀온 여러 블로거의 평점과 사진이, 그리고 새로운 글도 적혀 있었다. 도영은 혹시 은빛토끼가 이곳에 다시 찾아온 것이 아닐까 싶어서 블로그를 찾아 들어갔다.

은빛토끼 그녀는 마흔서넛의 나이로 남편이 있는 여자일 것이고 어린 딸이 있다. 토끼 인형을 딸에게 사주었고 토끼를 사랑한다고 말하고 있었고 토끼를 닮은 도자기 인형을 모으고 있었다. 딸과 함께 토끼를 사랑하는 그녀는 늦게 낳은 딸을 키우는 어려움을 적어 두었다. #힘든노산 #띠동갑딸아이.

그녀는 결혼 전에 식품 회사에 다녔다고 했다. 결혼 후 아이를 갖기 위해 이 년간 휴직을 했고 오래도록 아이를 기다리며 십자수를 두었다고 했다. 몇 번의 유산 이후 아이를 기다리며 십자수를 두고 있는 서른이 넘은 여자의 모습. 아름답고도 말랑한 감성이었다. 도영은 그럴 수 있다고 여겼다. 그러다 아이를 갖고 일을 그만두었다. 그녀는 딸을 사랑했다. 딸의 옷을 직접 손빨래하고 헹굼에 어떤 섬유 유연제를 쓰는지 소개했다. 전업주부인 그녀가 키우고 있는 화분이며 새로 사들인 식물들도. 늘 가는 곳인 작은 식료품점에서 세일 중인 냉동 새우를 올려두었다. 도영이 최근 들른 곳이었다.

처음 도영은 그저 새로 지내게 된 낯선 곳의 어려움을 벗어나기 위해 인근의 가볼 만한 식당과 카페를 찾았을 뿐이었다. 청대동 맛집. 청대동 카페. 그러자 실 꾸러미가 풀려나오듯이 장소와 후기가 이어지고 하나의 장소를 알아 가다 보면 또 다른 장소가 이어졌다. 처음 도영에게 필요한 것은 상점의 리뷰를 보는 것이었다. 저녁 식사로 적당한 청대동의 중국 음식점이나 카페들. 소박한 외관의 작은 빵집. 어딘가 손만 건넨다면 그 손을 잡아 줄 보이지 않는 연결 고리가 블로그들 속에 가득했다. 그리고 그 속에는 사람이 살고 있었다.

무제카페라는 이름 하나로 찾아가게 된 블로그에 도영은 친구 추가를 하지 않았다. 은빛토끼는 도영에게 애착 이불이 되어 버렸다. 도영은 처음에는 그녀를 만나고 싶다고 생각해 보지 않았다. 그녀가 올린 이곳의 여러 장소를 하루하루 찾아가 보는 일이 도영에게는 재미있었다. 은빛토끼인 그녀는 결코 화려하지도 자극적인 사람도 아니었다. 지극히 소박한 일상을 가진 사람이었다. 하지만 차츰 보다 보니 이렇게 주인도 모르게 은빛토끼의 집을 기웃거려도 될까 싶었다. 은빛토끼의 저녁 식탁을 훔쳐보고 그들 가족의 나들이에 끼어들고 마흔이 넘은 한 여자의 심리적인 아픔에 공감

하면서 점점 은빛토끼는 도영의 또 다른 모습이 되어 가고 있었다. 모르는 사람에게 아무런 조건 없이 보여 줄 수 있는 부분이 한 사람에게 얼마나 될 수 있을까. 도영은 은빛토끼가 언젠가 블로그를 그만두는 날이 올 거라고 여겼다. 누구와도 만난 적 없으면서 모든 이의 시간 속에 가둥고 싶은 것은 은빛토끼였는지 자신이었는지 도영은 궁금했다.

어떤 날은 성당을 바라보고 걸었다. 집에서 입고 나온 옷이 어쩐지 밖에 입고 다니기가 뭣해서 도영은 몸이 움츠러들었다. 하지만 샌들만 신고 대충 옷을 입고 있다고 해도 이곳에서 도영을 아는 사람은 아무도 없으니 어떤 이도 눈여겨보지 않을 거라는 것을 안다. 이곳에 있는 어떤 사람도 도영이 이곳에 살고 있다는 것을 알고 있는 이가 없다.

알아보는 이도 기억하는 이도 없기에 도영은 이곳에 살고 있지만 완전히 살고 있는 것은 아니라는 것을 안다. 블로그 속에 존재하는 은빛토끼에게 댓글을 남기고 카페 추천에 고맙다는 글을 남기는 순간 도영은 그 안에서 새로 존재할 것이다. 하지만 도영은 댓글을 쓰지 않았다. 여기도 저기도 없는 것처럼. 그것이 비겁하다고 여겨지지 않았다. 그저 어디에도 존재하지 않고 경계에 있고 싶었다.

짧은 바지를 입고 고무줄로 머리를 질끈 묶고도 여유롭게 걸었다. 도영는 어떤 이에게도 모르는 사람으로 지내고 있는 이날들이 평화로웠다. 누구 하나 아는 이를 만날 수 없는 이날들이 완전히 살고 있는 것이 아니라는 것을 느끼는 순간, 도영은 오직 하나밖에 없는 자기 존재를 깨달았다. 어떤 이에게도 모르는 사람으로 지내고 있는 이 산책의 시간이 평화로웠다.

도영은 이곳 식당의 테이블에 앉아 있을 은빛토끼와 그 가족의 모습을 떠올린다. 외식을 좋아한다는 은빛토끼는 얼마 전에 가족과 함께 고깃집에서 식사를 했다. 도영은 바로 그 음식점이 자신이 살고 있는 원룸의 바로 옆 가게라는 것을 안다. 그곳의 음식이 얼마나 맛있는지 사진을 올려놓은 것만으로 도영은 슬쩍 그곳에 가서 혼자서 이 인분의 식사를 할 수 있을 것 같았다. 그리고 은빛토끼 가족을 만나게 된다면 딸이 신고 있을 반짝이는 구두를 보고 혼자 그들을 알아차릴 거라는 기대를 하게 되었다.

인정이 그리워서였다. 그것은 은빛토끼가 남긴 글에서 풍기는 차분함과 은은함 때문이었다. 여자는 오래전 결혼과 함께 이곳에 살게 되고 아무도 아는 이 없는 이곳에서 외로웠다고 적어 두었다. 남편을 믿고 따라온 타향살이. 아이가 늦게 태어나는 만큼 남편을 기다리며 맴도는 은빛토끼의 모습이 글 속에 있었기 때문이었다.

여름이 지나가고 도영은 은빛토끼가 아프다는 것을 알게 되었다. 몸이 약한 그녀는 장염과 심한 복통을 앓았고 그러다가 난소에 생긴 물혹을 제거하고 나팔관까지 제거하는 수술을 해야 한다고 적어 두었다. 은빛토끼는 더 이상 슈퍼에 가지 않았고 카페에도 딸과 함께 가지 않았다.

이후로도 도영은 은빛토끼가 궁금해서 블로그를 자주 열어 보았다. 한 달이 넘도록 새로운 글은 올라오지 않았다. 도영은 그녀가 자주 간다는 슈퍼에 들렀다. 그녀가 애호하는 크림치즈와 가성비가 좋다는 생강차를 사고 냉동실에 늘 준비해 둔다는 냉동 새우도 샀다. 도영은 은빛토끼가 샀다는 똑같은 작은 테이블보를 샀다. 은빛토끼는 그동안 생필품 여러 가지를 비교 분석해서 블로그에 올려 두었다. 물가가 비싼 요즘의 생활을 현명하게 보낼 방법으로 여러 군데의 가격대를 비교해 두었다. 은빛토끼는 취미로 혼자서 수영장에 가서 평형을 배우고 있었고 하나밖에 없는 딸아이 옷을 해외 직구로 사기도 했다. 그 사실을 기억하는 이는 어쩌면 자신뿐일 거라고 도영은 느꼈다. 그녀의 수술이 잘 되었는지 궁금했다.

도영은 둥근 돔이 있는 연구소 쪽을 향해 산책을 나갔다. 멀리서 보니 많은 사람이 서성대며 담배를 피우고 있기도 하고 뭔가를 기다리고 있었다. 이렇게 많은 사람이 이곳에 있을 줄 짐작도 못했다. 점심시간이었고 연구소의 직원들이 빠져나와서 근처의 건물로 흩어져 걸어가고 있었다. 도영이 알지 못하는 곳, 그곳이 식당이든 카페든 그들은 줄을 서서 기다리고 있었다. 이렇게 사람이 많다는 것은 뭔가 어떤 모임이 있을 거라고 여겨졌다. 도영은 이곳에 대해 아무것도 알지 못한다는 것이 처음으로 설렜다. 아무것도 모르는 시선으로 세상을 보고 싶었다. 여기 이곳에 있는 사람들은 도영에게 단 한 번도 인상을 깊게 남긴 사람들이 아니다. 도영은 누구도 알지 못한다. 도영은 이곳에 살고 있는 은빛토끼 외에는 아무도 알지 못하는 셈이다. 하지만 도영이 은빛토끼를 안다 해도 진짜 아는 것은 아니고 은빛토끼 또한 자신을 아는 도영을 영영 알지 못하는 것이다. 블로그 속 은빛토끼는 심지어 자신의 얼굴조차 또렷하게 올려 두지 않았기에 도영은 그녀를 찾아낼 수도 없다. 그러면서도 마치 어딘가 벌어진 세계의 틈 속에서 허우적대며 손끝을 만진 듯이 은빛토끼를 떠올린다. 가족도 아니면서 알 수 없는 깊은 사랑에 빠진 채. 이런 것이 보이지 않던 도영의 애착 이불이었을까.

가을이 지날 때까지 도영은 누구와도 이야기를 나누거나 자기의 이름을 알려 주는 일이 없을 것이다. 그리고 도영은 그 기분을 글로 써 나갈 뿐이라고 생각했다. 이곳의 이야기를 나눌 수 있는 이는 오직 블로그 속의 은빛토끼일 뿐. 가을이 다가오고 있었고 도영은 다시 은빛토끼의 블로그에 글이 올라오기를 기다렸다.

지영은 최근에 다녀온 이 동네의 작은 중화요릿집의 사진을 올리려다가 말았다. 지영은 자신의 블로그에 몇 명이 가끔은 '좋아요'로 하트를 눌러 주거나, 비밀 댓글을 남긴다는 것을 안다. 어떨 때 비밀 댓글은 지나가는 이의 응원 글이기도 하지만 자신의 블로그로 놀러 오라는 댓글이 대부분이었다. 왜 이렇게 오래도록 아무도 봐주지 않는 블로그를 이어 나가는지 지영은 스스로도 알 수 없었다. 하루 방문자도 별로 없는 이 블로그에 이제 남편조차 방문하지 않는다. 남편은 지영이 그렇게 블로그에 정성을 다하는 것에 이제 크게 신경 쓰지도 않는다.

지영에게 이제 무엇이 있나? 초등학생인 딸아이의 뒷바라지와 이른 아침 남편을 위한 아침 준비. 딸아이의 학원을 알아보거나 학습지를 챙겨 주는 일과 백화점에 들러서 세일 기간에 맞춰 조금 합리적 가격으로 옷을 사는 일이 중요했다. 남편의 퇴근 시간에 맞춰서 가끔 외식하거나 영화를 보는 것도 지영에게 중요한 일이었다. 일정한 주기에 맞춰서 부엌과 옷장을 정리하고 깨끗한 신발을 사 들였다. 지영은 언제나 희고 깨끗한 옷과 신발이 좋았다.

남편이 보는 지영은 언제라도 아플 수 있는 몸이 약한 여자였다. 신장도 약했고 임신도 어려웠다. 그래서 결혼 후 수년 동안이나 아이를 기다려 왔던 것이다. 지영은 전업주부가 되고 자신의 직업이 없다는 것을 그다지 우울하게 여기지 않았다. 하지만 다른 무엇인가 필요한 한 가지가 있을 거라 여겼다. 아내에게도 주부라는 자리뿐 아니라 다른 무엇이 필요한 거라고 지영의 남편은 이해했다. 지영은 남편이 얼마나 좋은 사람인지 알고 있었다. 남편은 여자를 단순한 내 아이의 엄마라고만 생각하지 않았고 집안에서의 노동을 강요한 적이 없었다. 지영은 남편을 선택하는 데 있어 운이 좋았다고 여겼다. 결혼 후 남편은 지영을 위해 여행도 함께 떠났고 지영이 좋아하는 것을 잊지 않고 챙겨 주었다. 아내의 시간을 이해해

주었다.

지영이 바라는 것은 무엇일까. 지영이 애착하는 한 가지가 자신의 가상 공간이라는 것을 남편은 이해했다. 그러기에 지영이 원한다면 지영이 만들어 놓은 블로그에 결혼반지를 낀 손등이나 책을 읽는 뒷모습으로 등장해도 괜찮다고 말했다.

지영은 가끔 남편의 뒷모습을 블로그에 올리며 남편의 존재를 알려 두었다. 남편과 함께 간 오래전의 강릉 바다에서 남긴 둘만의 발자국도, 때로 남편이 입은 고액의 코트며 그와 함께 옷을 사기 위해 간 백화점 에스컬레이터에 올라온 남편의 손가락도 슬쩍 올려 두었다. 밤에 보이는 이십 층 너머 집 밖의 야경을 올리고 또한 딸의 친구 엄마들과 점심 모임을 하거나 누군가에게 말하지 않은 이야기가 더 남았음을 의미하듯 좋아하는 카페의 초록빛 창을 사진으로 올리기도 했다.

지영은 더 무엇을 원하는지 스스로도 알 수 없었다. 오래전에는 원하고 바라는 것들이, 결핍된 것들이 너무도 선명해서 충족할 대상을 찾기가 어렵지 않았다. 지영은 결혼 이후 냉담했던 어머니와 화해했고 이제 경제적으로 힘들던 어린 시절의 악몽도 사라져 버렸다. 그런데 아직 남은 그것이 무엇인지 알 수 없었다.

#청대동중식당 #내돈내산 #짬뽕천국 #해물인지바닷속인지.

중국 음식점 사진은 올리려다 삭제했다. 지영은 당분간 글을 올리지 않을 거라고 남편에게도 말했다. 수술하고 난 이후 지영은 방문객의 수가 많아진 것과 걱정 어린 비밀 댓글을 보고 알게 되었

다. 먹는 것과 입는 것, 즐기는 것보다 오히려 약하고 힘들어질 때
더 많은 이가 공감한다는 것을.

　십일월이 되고 성당의 옹벽 옆 마른 호박 넝쿨에 거두지 않은
호박이 군데군데 남아 있었다. 봄부터 이곳에 호박이 넝쿨을 뻗어
잎을 키우고 무성해지던 모습을 도영은 봐 왔다. 몇 번이나 성당에
왔지만 성당의 문은 닫혀 있었다. 은빛토끼는 병원에서 수술을 한
다는 글을 올린 이후로 새로운 소식이 없었다. 도영은 어쩌면 그
블로그에 더 이상 글이 올라오지 않을 수도 있을 거라고 생각했다.
　도영은 호남고속도로 지선으로 이어지는 길의 끝에 둥근 우주
선처럼 내려앉은 흰 돔 모양의 건물로 걸어갔다. 성당을 지나 이
테크노 돔 주변으로 걸어가 보라는 권유를 받아서였다. 얼마 전 도
영은 길에서 한 늙은 여자를 만났는데 여자는 운동 후 마무리 체조
를 위해 도영이 앉아 있는 벤치 가까이로 왔다. 산책 후 벤치에서
책을 읽고 있는 도영에게 늙은 여자는 말을 건넸다. 그녀는 남편이
죽고 혼자서 살고 있다고 했다. 가까운 대학의 평생교육원에서 민
화를 배우고 있다고 했고 손을 뻗어 저 테크노 돔 주변을 가리키며
그곳을 세 번 돌아서 운동을 하고 나면 밤에 잠이 잘 온다고 했다.
　"내 이름은 송선희예요. 사람이 다른 사람을 완전히 기억하려면
세 번은 만나서 그 이름을 기억해야 해요."
　연갈색의 다초점 안경을 끼고 있는 늙은 여자는 천천히 팔을 벌
려 춤추듯 마무리 체조를 시작했다.

"우리가 다시 만날 수 있을까요?"

도영은 이곳에서 처음으로 인사를 나누고 말하게 된 늙은 여자를 바라보며 웃었다.

"나는 저기를 딱 세 바퀴 돌고 여기서 마무리 체조해요. 늘 그렇게 해요. 아프지 않다면. 해가 뜨고 달이 뜨듯이. 이곳에 오면 또 만나게 돼요."

송선희라는 이름은 기억하기로 했다. 도영은 이후 테크노 돔으로 산책을 나선다. 도영은 처음 건물의 입구를 통해 걸어갔다. 경비원은 이곳이 관계자 외 출입 금지이니 들어갈 수 없다고 했다. 커다란 모양의 테크노 돔 주위를 걸으며 도영은 건물의 외곽 빈틈으로 사람들이 드나드는 것을 보았다. 나무를 심어 둔 허술한 울타리 틈으로 데이트를 하는지 두 명의 남녀가 허리를 숙이며 서로 껴안고 나무 사이로 들어가고 있었다. 지름길인지 여자의 짧은 단발과 남자의 등과 어깨는 하나의 덩어리가 되어 어느새 풀밭으로 발소리를 내며 걸어 들어갔다.

어디에나 출입 금지는 있었지만 어디에도 출입 금지된 곳은 없다고 생각한 순간 도영은 그곳을 빠져나오는 늙수그레한 여자 두 명을 보았다. 손에 하나씩 든 것은 줄넘기 도구였다. 아마도 돔 건물이 있는 넓은 잔디밭을 지나 어딘가로 운동을 하러 가는 사람이기도 했다. 저 잔디밭 아래 무엇이 있는지 모른다. 가끔 사람들이 아래로 스며들 듯 내려가기도 했다. 지하 공원이 있다고 해도 모르는 사람은 모르는 채로 있을 거라고 도영은 생각했다.

　바람이 불어오자 가을의 낙엽이 흩어지며 넓은 잔디 위로 굴러가고 있었다. 아무도 없는 도로 위로 호남고속도로 지선으로 가려는 차들이 달려오다가 멈춰 교통 신호를 기다리고 있었다. 순간 흰 돔 모양의 건물 외관 부분이 기중기처럼 솟아오르고 두 팔을 벌려 기지개를 켜는 것 같다고 도영은 상상했다. 다시 산책해야 했기에 도영은 좀 전에 사라진 두 남녀가 벌려 놓고 간 나무 울타리 틈으로 슬쩍 몸을 밀어 넣고 잔디밭을 가로질러 걸어가기 시작했다.

검은 밤, 영도

고모를 생각하면 그날 김밥 냄새가 떠오른다. 맛있었지. 참기름 냄새며 흩뿌린 깨소금이 입안에 감돌았다. 검고 통통하게 잘 말린 김밥 속에 달큼한 당근과 시원한 오이가 들어 있었다. 고모는 혜주에게 울지 말라고 말하고는 김밥을 펼쳐 놓았다. 최가 병원에서 뇌수술을 받는 동안이었다. 혜주가 울면서 전화 통화를 했고 병원으로 달려오기까지 한 시간. 그사이에 고모가 열 줄의 김밥을 쌌다는 게 믿어지지 않았다.

그 후 고모를 두어 번 더 봤을 것이다. 최의 장례식 때도. 일곱 번의 재를 지낼 때도. 그런데 기억은 그다지 나지 않았다. 그래서 혜주는 고모를 생각하면 김밥이 떠올랐고 고모가 병원의 휴게실

테이블에 보자기를 풀어 둥글고 큰 삼단 도시락통 뚜껑을 열 때가 떠올랐다. 고모는 눈물을 글썽이며 돌보는 사람이 잘 먹고 기운 내야 한다고 했다. 고모의 김밥을 보니 어릴 적 소풍이 떠올랐다. 하지만 최의 장례식 이후 고모와는 통 연락 없이 지냈다.

고모와 최는 서로 앞서거니 뒤서거니 결혼을 하고 아이를 낳고 어렵게 집을 마련하며 시누와 올케로 지낸 사이였다. 아주 젊을 때는 같은 옷을 사서 쌍둥이처럼 같이 입기도 했다. 오래된 최의 사진에서 본 적이 있었다. 패턴이 같은 판탈롱 바지. 비슷한 분위기의 한복. 함께 친척들 모임에 다녔고 야외로 소풍을 간 적이 있었다. 사이가 좋기도 했지만 가끔 아니기도 했다. 그 차이는 미묘했다.

언젠가 버스 정류장에서 어딘가를 가리키는 최의 손가락이 먼 곳 어디쯤 한 곳을 가리키고 있었다. 기다려도 버스가 쉬 오지 않았고 주위를 살피던 최가 갑자기 홀연히 앞을 막아서며 산 어딘가를 보더니 몹시 놀란 듯이 그곳을 손가락으로 가리켰다.

"저곳이네. 네 친할머니 재를 모셨던 절 있는 곳이."

새삼스레 그곳이 이제야 발견한 비밀의 장소라도 되듯 최는 말했다. 혜주는 최의 손끝이 가리키는 곳을 보았다. 동네의 흔한 나지막한 산이었다. 그냥 산등성이. 노인들이 약수통을 끌고 가서 물을 받아오거나 중년 남자들이 반바지 차림으로 느리게 걸었다가 돌아오는 곳. 그저 오래된 나무들과 계절에 맞춰 피는 꽃들이 있는 곳일 뿐이었다. 최가 어딘가를 가리켜 저곳 어디쯤이라 했다고 해도 혜주는 찾을 수도 알 수도 없었다. 친할머니는 벌써 오래전에 돌아가셨고 그때 아주 어렸던 혜주는 그 일에 크게 관심을 두지 않았다. 여덟 살 혜주에게 죽음은 알 수 없어서 마음에 큰 슬픔으로도 남아 있지 않았다. 이십 년도 지난 일. 최 또한 그 절에 이후 찾아간 적이 없었을 것이다. 크게 마음을 두지 않았다가 갑자기 이곳에 와서 그 산을 바라보았고 불현듯 생각이 난 까닭이리라.

그날 혜주는 왜 그곳에 최와 함께 있었는지 그 낯선 동네에서 무엇을 했는지 기억이 나지 않는다. 스물여덟쯤의 혜주는 변덕스럽기도 했고 바쁘다며 최에게 시간을 내주지도 않았기에 최와 그렇게 단둘이 다니는 일이 드물었다. 다정하고도 친밀한 딸 노릇을 하는 일이 어색했고 최와 마음 깊은 이야기를 나누는 것이 어려웠다. 외동딸인 혜주는 최에게 살뜰하지 않았다. 그때는 그랬다. 밖에 나와서까지 최가 집안에서 하던 잔소리를 하면 듣기 싫었기에 어찌하든 최의 주변을 맴돌다가 달아났다.

혜주의 어머니인 최는 말이 빨랐고 누가 물어보기도 전에 물어볼 것을 생각해 두고 답을 해버리는 사람이었다. 그것이 최가 사람들과 진심을 나누는 방법이었다. 혜주가 질색하는 것은 최가 길에서 마주친 사람들과 몇 분도 되지 않아 친하게 이야기를 나누고 가지고 있던 것 중 어떤 것을 덥석 쥐여주는 일이나 버스 안에서 뒷자리의 사람과도 금방 친근해지면서 혜주를 속 썩이는 딸이라 말하는 따위였다.

　그날은 그곳을 가리키며 절에 대해 말해 주던 최의 이야기를 혜주는 꼬박꼬박 귀에 주워 담으려 손가락 끝을 따라 산을 올려다보았다. '네 고모는 아직도 저곳을 다니고 있다더라.'라고 했다. 최는 그때 어디를 보았기에 이십 년 전의 절을 떠올렸을까. '세월 빠르구나. 네 고모가 그때 얼마나 울었던지. 눈이 부어서 감길 정도로 울었다.'라며 입맛을 다시듯 최는 말을 이었다. 그날 시장통 어딘가에서 해물칼국수를 함께 먹고 혜주는 최가 들었던 짐을 대신 들었다. 최의 손은 크고 부드러웠고 최가 입은 때 이른 가을 블라우스는 옷장 안의 냄새가 났다.

　저곳에서 네 고모와 함께 재를 지냈다는 이야기. 고모는 아직도 저 절을 어머니 절로 여기고 다닌다더라는 얘기였다고 혜주는 기억한다. 그 절에 고모가 심어둔 나무 한 그루에 대해 이십 년 전의 이야기를 하면서 말을 이어 나갔다. 여름에 피는 배롱나무라고.

　서로 다른 동네에 사는 최와 고모는 다니는 절이 달랐기에 그런 면에서 서로의 절에서 듣는 법문이 더 좋다며 얘기하고는 했다. 그 점에서는 서로가 양보가 없었다. 혜주가 어린 시절 사촌들과 친하게 지냈다 해도 고등학교와 대학교에 가면서 서로 멀어져 거의 만나지 않은 것과 같았다. 그런 최를 두고 혜주는 타야 하는 버스가 오자 재빨리 도로로 달려갔다. 절 이름이 뭐였던가. 듣지도 못했었다. 돌이켜 보면 그래도 그 장면이 혜주에게 돌아가신 어머니 최와의 그나마 다정한 기억이었다.

고모가 전화를 걸어온 것은 새해가 되고 얼마 되지 않는 이월 겨울 오후였다. 팔순이 넘은 고모가 전화를 걸어올 줄은 혜주는 생각도 못 했다. 단 한 번도 고모가 전화해 올 거라고는 생각한 적이 없었다. 고모가 스마트폰을 사용할 거라고 생각하지도 않았고 고모와 가끔 전화하던 최가 이미 십여 년 전에 돌아가셨기에 이후 고모와 연락도 거의 없었다. 그러다가 혜주는 고모가 자신을 어떻게 생각했을지 궁금했다. 고모가 이야기를 들어줄 사람으로 자신을 선택했다는 생각이 들었다. 늙어버린 고모가 외로워서 여기저기 전화를 걸고 있을 거라는 생각도 들었다.

어릴 적에도 고모는 혜주에게 한 번도 '혜주만 먹어라.'라며 과자를 챙겨준 적도 없고 가끔 명절에 만날 때에도 이야기를 건네주거나 따로 불러 챙기지도 않았다. 졸업을 축하한다며 선물을 준 적도 없다. 혜주가 노래는 잘하는지 공부는 잘하는지 어떤지 직접 물어본 적도 없다. 고모는 그냥 친척이었다. 고모에게도 챙기고 돌봐야 할 가족이 많았다. 고모에게도 시댁 식구들과 말썽 많은 시동생이 있었기에 젊은 날 고모는 바빴던 사람이었다. 술꾼이었던 고모부와 고모 집을 찾아오던 시댁 사람들을 챙기느라 고모는 단 하루도 자유로울 수가 없었다.

고모는 자기의 생각을 다른 사람에게 집요하게 말하거나 입김을 불어 넣는 사람이 아니었다. 다른 친척 어른이 사춘기 때 혜주를 두고 살이 쪘다는 둥, 키가 제대로 자라지 않는다는 둥 함부로 말했지만 고모는 그저 '너 왔구나.' 하고 인사하는 정도였다.

그런 고모가 혜주에게 전화하다니. 그것도 네 소식이 궁금하다며 전화해 오다니. 혜주는 고모가 조금 걱정되기도 했다. 고모에게 무슨 일이 일어난 것일까 싶었다. 고모는 최와 전화할 때도 최가 늘어놓는 혜주에 대한 여러 이야기를 묵묵히 듣기만 하는 사람이었다. 혜주가 연애에도 관심 없고 다니던 직장도 그만두고 놀러만 다닌다고 최에게 타박을 듣던 이십 대 후반 무렵이었다. 전화를 끊고 나면 최는 혜주에게 고모가 조카딸인 너에게는 그다지 관심이 없고 무심한 것 같다고 그랬다. 중매는 고모가 서줘야 잘 산다고 하던데. 고모에 대한 최의 생각은 술꾼인 남편에게 그렇게 시달리면서도 남편의 술버릇 하나 잡지 못하는 고모의 데면데면함을 답답한 성격으로 여기고 있었다. 어찌 고모가 자기 조카에게 그리 데면데면할 수 있는지, 그게 집안 내림일 수도 있다고 그랬다. 최가 속상할 때 던지는 고모에 대한 불만은 딸인 혜주에 대해 최가 갖는 아쉬움이었다. 느린 듯 무심한 혜주의 성품이 제 고모를 닮았다고 최는 느꼈을지도 모른다.

전화 속의 고모는 씩씩하고 활기찼다. 여든넷을 넘겼을 고모가 그렇게 활달할 수 있다니 혜주는 놀라웠다. 목소리도 십여 년 전 들었던 활기찬 음성 그대로였다. 고모는 분명 혜주에게 하고 싶은 말이 있다고 했다. 늙은 고모가 왜 이제 와 친절하고 반가운 목소리로 전화했는지 궁금했다.

"너 요즘 어떻게 지내니?" 서너 달 전에 전화하고 이제 다시 할 말이 있는 듯 말했다. 고모가 이럴 수가 있나? 혹시 고모에게 치명적인 병이라도 생긴 건가.

고모의 전화 목소리를 듣자 혜주는 갑자기 친척들과 함께한 어린 시절의 소풍을 떠올렸다. 그날 혜주가 둥글게 둘러앉아 박수치며 놀던 친척 모임에서 어딘가로 달아나 버린 일이 있었기 때문이다. 그때 그곳은 소나무와 아이들이 즐겨 타는 회전목마가 있었고, 멀리 보이는 사람 모두 춤을 추거나 왁자하게 웃어대던 장소였다. 웃고 있던 최와 눌러 싼 김밥이며 삶은 닭 요리, 과일을 펼치느라 바쁜 고모가 있었다. 넥타이를 매고 커다란 회색 양복을 입은 큰아버지와 연둣빛 한복에 양산을 든 큰어머니, 사촌오빠들이 있었다. 돌이켜보면 그런 때가 있었는지 의아해지는 그런 친척 간의 소풍. 가끔 술을 많이 마신 누군가가 소주병을 던지기도 하고, 소란을 더 피우면 아버지와 큰아버지가 그를 어딘가로 끌고 가서 한참 뒤에 잠든 그를 어깨에 두르고 오기도 했다. 고모는 그런 모임에서 늘 일하느라고 바빴다.

그날 최가 어린 혜주를 자리에서 일어나게 해서 책에서 읽은 조선시대 왕의 이름을 외워 보라고 했고 아버지는 낮술에 은근히 목이 붉어져서는 혜주의 손을 잡아당기며 학교에서 배운 노래를 불러 보라며 떠밀었다. 조선 왕조의 재위에 오른 왕들의 이름. 태정태세문단세. 그것은 최가 자랑스럽게 여기는 혜주의 뛰어난 암기력이 발휘되는 순간이었다. 그 후 노래를 불러 보라는 말에 혜주는 몸을 배배 꼬다가 달아나 버렸다. 영영 나타나지 않을 작정을 하며. 목소리가 잘 나오지 않을 것을 알면서도 노래를 시키고 나중에 우스꽝스럽게 웃어댈 어른들을 생각하자 억울했다.

"혜주야 또 도망갈 테야? 아휴 누굴 닮았는지. 쟤는 잘 달아나는 애야."

최의 목소리가 들리는 것 같았다. 혜주는 달아나야 했다. 어릴 적 최는 혜주를 좀 그렇게 다루었다. 높은 가지 끝에 올라가라 해놓고는 나무를 흔들어대는 엄마. 유쾌하게 잘 웃으면서 그것도 재미있지 않냐고 혜주에게 말하던 엄마. 혜주는 누군가에게 복수를 하고 싶다는 마음이 들었다.

코끼리가 있다는 동물원 옆 소나무 숲의 유원지에서 혜주는 놀이기구를 지나서 언덕길로 올라갔다. 머리에 모자를 쓰고 숲으로 난 길을 따라 걸었다. 처음에 '혜주야' 하고 부르는 소리를 들었지만 한참 걸은 후에야 그곳에 낯익은 이가 아무도 없다는 생각이 들었다. 땀이 나서인지 머리를 누르는 모자가 따갑게 여겨졌다. 모르는 남자들의 웃음소리가 들려왔고 긴 줄을 기다려 빙빙 도는 작은 모형 비행기를 타는 이들 뒤로 여자들이 수풀 속에서 웃어대는 소리가 들려왔다. 일정한 리듬의 경쾌하고도 떨림이 있는 기타 소리가 그 주변에서 흘러나왔다.

이후 어떻게 돌아왔는지 늘 알지 못해 궁금했다. 혜주는 최가 돌아가기 전까지 그 얘기를 한 적이 없다. 분명 미아가 되었을 혜주 자신이 어떻게 발견되었는지 궁금하지 않았을까. 그런데 물어볼 사람이 없어지고 나서야 궁금했다.

밖은 어두워졌다. 설이 지났지만 이월 추위는 여전했다. 창이 북쪽으로 난 방은 더욱 어둡다. 고모는 혜주에게 '너는 어찌 지내냐, 이사는 하지 않고 그대로 살고 있냐.' 하고 물었을 뿐이다. 십삼 년 넘도록 고모를 못 본 게 맞다. 고모의 말 한마디에 카메라의 렌즈가 점점 커지듯 기억의 불씨가 일렁이며 살아났다. 고모와 안부 인사를 주고받고 나서 혜주는 먼저 물어보았다. 고모가 그 소풍을 기억하는지.

그곳이 어디였는지 기억해요? 혜주는 고모가 그곳을 정확히 기억하는지, 좀 더 세밀한 기억을 물어서 갑자기 전화를 해온 늙어버린 고모의 인지 능력을 알아보고 싶기도 했다. 혜주는 무언가를 염두에 두고 그것을 말할 때 바로 상대방도 그 무언가를 함께 떠올리고 있다는 것을 느끼고 싶었다.

"그래 생각이 난다. 우리는 한 보따리씩 먹을 것을 해서 머리에 이고 지고 걸어 올라갔었지."

고모는 혜주에게 그곳이 금강공원이라고 이야기했다. 친척끼리 일 년에 한 번씩 봄을 맞아 꽃놀이하러 가듯 그곳에 갔었다고. 떡도 하고 전도 부치고 김밥도 싸고, 그렇게 친척끼리 우애 좋게 지냈다고 말했다. 고모는, 혜주 너는 그때 어떤 사람을 만나면 잘도 숨어 버렸다고 이야기했다.

"네가 길을 잃었다면 지금 이리 살고 있겠나. 네 뒤로 큰집의 오라비가 늘 따라다녔다."

고모는 웃었고 그때는 갈 곳이 마땅찮아서 휴일이면 사람들이 다들 그 공원에 몰려들었다고 그랬다. 이제 진짜 좋은 세상이라는 고모의 목소리가 전화 속에서 크게 들려왔다. 혜주도 웃었다. '요즘 세상 좋아졌지'라는 말은 고모가 늘 쓰던 말이었다. 늘 좋아지는 세상. 그것은 고모에게 진행형이었다. 혜주는 고모에게 어떤 용건으로 전화했는지 묻지 않았다. 그저 네 소식이 궁금해서 전화해 봤다고 대답할 고모에게 함께 기억할 옛이야기가 필요할 뿐이라는 것을 알았으니까. 혜주는 고모의 다음 이야기를 기다렸다. 오래전 생각이 난다며 갑자기 전화를 한 고모가 해줄 이야기를.

"그런데 너는 그 일을 알고 있나? 내가 아주 오래전에 부산에 처음 와서 영도에 살았다는 것을?"

모르는 일이었다. 영도라니. 혜주는 고모에 대해 그다지 아는 것이 없었다. 고모가 언제 어떻게 결혼했는지, 젊은 날의 고모가 어떤 사람이었는지. 고모가 어떤 재능과 꿈을 가지고 있었는지 아무것도 모른다. 혜주가 태어나기도 전에 고모는 스물세 살의 나이로 결혼해서 이미 어른의 삶을 살기 시작했으니까.

"그러니까 너희 집 식구들이 부산으로 오기 전이고 우리 식구가 일 년 먼저 부산에 왔던 때 일이다. 네 고모부가 이곳에 집을 하나 얻어 놓았다고 급히 오라 해서 나는 그것만 믿고 이삿짐을 끌고 애들과 영도로 갔었거든."

고모에게 영도는 부산의 끝이었고 낯선 땅이었을 것이다. 영도는 높고 가파른 산기슭이 있는 섬이고 영도다리를 건너야 갈 수 있는 곳이었으니. 고모는 딸 셋을 데리고 낯선 영도의 집으로 긴 시간이 걸리는 이사를 했다. 여덟 살, 여섯 살, 다섯 살의 여자아이들. 혜주의 사촌들이다.

"이삿짐을 푸니 세상 어두워져서 사방이 깜깜하더라. 내가 진해에서 너무 늦게 이삿짐을 싣고 온 까닭도 있겠지만 영도 청학동 아래 집을 찾는 일이 어려웠거든. 트럭 운전사도 몇 번 길을 잃어 헤매고. 주소도 엉터리였을 것이야. 그때 네 고모부가 신호대라는 곳에 직장을 얻어서 먼저 와 있었단다."

혜주는 고모가 이 말을 하려고 수십 년을 기다려 온 사람처럼 느껴졌다. 너무 오래전 이야기. 오십 년 전의 일을.

"마당에 짐을 내려놓고 너무도 고단해서 밥도 못 먹고 그냥 모든 식구가 잠이 들었어."

낯설고 검은 영도의 밤. 힘이 들어 그만 모든 것에서 달아나 버리고 싶어서 방 한 귀퉁이에 새우처럼 웅크리고 잠든 고모와 사촌들을 떠올렸다. 너무 어두웠고 그곳이 지도상 어디쯤인지도 모르고, 더듬거리며 만져 본 방은 어떤지도 모르고 전깃불도 없는 곳. 집 안의 마당이 어떤 모습인지도 모른 채 가족 모두 한 방에서 엉켜 누운 채 잠들어 버린 모습으로. 영도 바다의 파도 소리는 여전히 그 집의 근처를 머물렀겠지.

"새벽에 비 오는 소리가 들리더라. 꿈속인가 싶은데 귀에 빗소리가 어찌나 애처롭게 들리는지. 그런데 몸은 움직이지 않고, 마당에 부려진 저 세간살이들을 어쩌누. 저 비에 애들 옷이며 학교 책은 다 어쩌고, 그러면서도 이상하게 나는 눈이 떠지지 않더라.”

고모는 혜주를 확인하듯 불렀다. “혜주야, 너는 우리가 영도에 살았다는 거 몰랐지? 네 엄마도 몰랐을 것이다. 내가 이 이야기를 했는지 못 했는지 기억에 없으니까.”

혜주는 최가 그런 이야기를 들려준 적이 없다고 생각한다. 친척의 이야기를 다 해주는 부모가 어디 있을까만. 혜주는 고모가 무얼 알리고 싶은 건가 싶었고 혹시 고모가 정말 그 시절의 이야기를 제대로 기억하고 말하는 것인지 궁금하기도 했다. 그동안 그처럼 말이 없던 고모의 마음에 변화가 일어나게 된 사연이 궁금하기도 했다. 여든이 넘은 노인. 하지만 분명 살아 있는 사람의 감정이었다. 고모의 기억 속에는 서른두세 살의 젊은 여자가 움직이고 있었다. 그래선지 고모가 그 시절의 이야기를 할 때는 고모가 젊어진다고 여겨졌다.

“아침에 일어나니 마당에 비가 온 흔적이 있고 다행히 네 고모부가 방으로 살림살이를 옮겨 두었더라. 술에 취하면 정신 못 차리던 네 고모부가 어찌 빗소리는 들었는지. 그런데 나는 잠 깨고 나서 이 집과 마당을 보고 깜짝 놀랐어.”

“왜요. 이삿짐을 다 옮겨 두었다면서요?”

“어휴, 마당에는 내 허리까지 올라오는 풀이 듬성듬성 자라고 있고, 집은 쓰러져 갈 듯 낡은 집이었다. 지난밤 불도 못 켜고 그냥 잔 곳인데 알고 보니 상태가 영 아니더라. 집을 계약한 네 고모부도 이 집을 잘 모르고 덜렁 돈을 주고 계약을 한 거야. 도배도 안 되었고 전기도 연결 안 된 집이었다."

고모는 흙 부스러기와 먼지가 자욱한 방을 닦아 내고 찢어진 벽지를 벗겨 내고 대충 도배지를 사다가 풀로 붙여 두었다고 했다. 어제 막 그 일이 일어난 듯이 고모는 생생하게 그 일을 말했다. 아무리 술에 취해 덤벙댄다 해도 고모부가 그렇게 형편없는 집을 골랐단 말인가 싶었는데 그때 고모부도 어쩌면 세상 물정 모르는 어린 사람이었다. 역시 고모부였다. 엄벙덤벙 세상 물정 모르고 술에 취하면 집을 잘 못 찾아온다고 하던 사람. 어리숙한 고모가 남자의 꾐에 넘어가 이른 나이에 반대하는 결혼을 했다는 얘기. 술 좋아하는 남편 때문에 고생이 많다고 입방아에 오르던 고모. 그래서 고모는 결혼한 뒤 힘든 일이 생겼을 때는 언제나 침묵했을 것이다.

먼 곳에서 오는 배가 부두에 다 입항할 수 없기에 정박하고 있는 영도의 절영로 풍경을 혜주는 떠올려 보았다. 가끔 해무가 낀 날 혜주는 절영로를 따라 걷기도 했고 맑은 날이면 바다 건너 눈앞에 홀연히 나타나는 대마도를 보며 저곳이 저렇게 손에 잡힐 듯 가까이 있는 건지 지인들과 이야기를 나누기도 했다. 그런 영도는 오래전 고모의 기억 속의 장소만이 아니었다. 지금 그곳을 좋아하고 드나드는 이들은 오래전의 것을 좋아하는 젊은 사람들이다.

영도의 검은 밤, 불빛도 없이 그렇게 산 날들이 아직 가슴에 남아 있구나. 고모가 말하는 그 신호대라는 것이 등대를 말하는 것인지 아닌지 혜주는 알지 못했다. 고모부는 그때 어떤 일을 한 것일까. 혜주는 전화로 이야기를 들으면서도 언제 고모가 이야기를 딱 끊어버리고 '이제 잘 지내거라. 너도 몸조심하고 죽기 전에라도 봐야지.' 정도의 말을 하고 대화를 끝내 버리지나 않을지 조바심이 났다. 십 년이 넘는 시간 동안 혜주도 사느라 바쁘다는 이유로 고모와 이야기를 나눈 적이 없었기에 이런 이야기를 하는 깊은 속내를 물어보기가 어려웠다.

방바닥이 싸늘했다. 손으로 바닥을 더듬어 봐도 두 시간 전에 전원을 꺼버려선지 차가웠다. 난방 가스비를 절약하느라 되도록이면 전원을 꺼두었다. 내일 화장실의 세면대 수리를 위해 주인이 온다고 했다. 오전에 받아 둔 문자였다. 주인은 일을 마치는 대로 고쳐 주겠다는 약속을 했다. 일 년 계약을 한 친구의 원룸에 혜주는 두 달간 머무르고 있었다.

이곳에 오고 처음으로 어젯밤 눈 오는 소리를 들었다. 사그락사그락 조그만 존재가 움직이던 소리였다. 희끗희끗하고 나풀대는 깃털이 창을 건드렸다. 어두웠던 방 안에서 혜주는 기분 좋게 잘 수 있었다. 한 달만 지내자고 왔는데 오래 있게 된 것이다. 이 북쪽 방의 춥고 어둡고 낯선 기분을 눈 내리는 소리가 바꿔 놓았다.

친구는 일 년 계약한 이곳을 그냥 비워 두기가 아깝다며 혜주에게 이곳의 명소와 가볼 만한 곳을 말하며 한 달 살기를 추천했다. "모두 예순이 가까워져 오면서 익숙한 집을 떠나 여행을 다니고는 하잖아. 너야말로 어디 걸리는 것도 없고." 친구의 말은 맞았다. 월

세에 해당하는 비용만 내면 되는 것이다. 친구의 딸이 일 년 계약한 원룸이었는데 취직으로 인해 다른 곳으로 가게 되어 쓰지 않고 멀쩡한 방이 남게 되었다고 했다. "혜주 너 나간 뒤에 또 들어올 친구가 있으니 그럭저럭 그 방을 쓸 사람이 다 구해진 셈이야. 아 마음이 바뀌어서 오래 있어도 괜찮고."

친구는 이 지역에서 개최되는 단편 영화제나 유명한 교향악단의 연주회 등 시간만 맞출 수 있다면 이렇게 낯선 곳에서 혼자 살아 보는 것도 좋다고 말했다. 이름난 산도 있지, 절도 있고, 계곡도 있었다. 조기 은퇴한 친구들은 요즘 너나없이 떠나기도 했다. 세상에 잠잘 수 있는 방 하나만 있다면 여행 가방을 챙겨서 한 달을 살러 다녔다. 혜주는 한 달간 제주도로 다녀온 다른 친구가 다시 목포로 한 달을 지내러 간 것을 알고 있다. "이것도 치명적인 병이야. 정처 없이 떠돌고 싶은 거. 한 달 살고 집에 가서 석 달 살고 다시 먼 데 점 찍어 둔 곳에 가서 또 한두 달 살고 그러다 집에 들어가서 지내지."라고 했다. 그 친구는 늙은 어머니와 함께 살고 있지만 그러다 답답하면 떠난다고 했다. 목포, 군산, 그러다가 하동이나 구례에.

한 달 지내다 보니 이 방이 어둡다는 것을 알게 되었다. 또 정작 갈 수 있다고 생각한 명소는 그다지 가고 싶어지지 않았다. 일월에 들어와서 한 달을 지나고 혜주가 기다린 것은 눈이 내리는 날이었다. 고요한 밤에 눈 내리는 소리는 잠들기에 좋았다.

혜주가 방바닥에 손을 대다가 책상 위 노트북에 적어 둔 글들을 보았다. '어둡고 검은, 검은 밤은 노래한다.'까지 적은 글 위의 커서를 보고 있었다. 전화기 속에서 들리는 고모의 이야기는 이곳을 영도 바닷가로 데려다 두었다.

"그런데 이사 오고 서너 달도 안 돼서 네 고모부는 신호대 일을 그만두고 진짜 배를 타고 나가게 되었지. 미군 배를 타고 베트남으로 물자를 실어 나르려고 가게 된 것이야. 그게 벌이가 훨씬 좋았으니까. 해군 동기가 많이들 그 배를 타려고 했으니까. 그렇게 빨리 신호대 일을 그만두고 나갈 줄은 몰랐지. 그럴 거라면 우리 식구는 영도에 가지 않았어도 되는 일이었으니."

그 뒤로 고모는 혼자 애들 셋을 데리고 영도 청학동 산동네에서 집이 팔릴 때까지 살아야 했다. 영도 집이 너무 무서웠다고 했다. 영도가 무서웠을 것이다. 불빛 없는 그 검은 밤이. 혼자서 듣는 뱃고동 소리가. 바다에서 불어오는 바람 소리가. 지금 나이에 생각해도 밤이면 고모부 없이 낯선 곳에서 세 딸을 돌봐야 하는 젊은 엄마였을 고모는 두려웠을 것이다.

혜주는 왜 그때 일을 어머니인 최에게 이야기해 보지 않았는지 궁금했다. 왜 고모는 가장 어려울 때 그 이야기를 나누지 않았을까? 최의 생전 이야기대로 고모는 속내를 드러내지 않고 남에게 기대고 싶지 않은 고집이 있었을 것이다. 고모부가 다시 친척들에게 욕을 먹는 게 지겨워서일지도 모른다.

"어느 날 내게 물을 길어다 주며 장사를 하던 아줌마가 자꾸 내게 눈치를 보며 말을 꺼내려다 말고 주저하더라. 그러다가 말해 주었어. 아마 이 집은 누가 이사 들어오기 어려울 거라고. 이 동네를 아는 사람이라면 이 집에 어느 누구도 들어오지 않을 거라고.”

목소리를 높이는 고모가 수십 년 동안 마음에 담아 온 이야기를 몰아치듯 하는 것이 어쩐지 낯설었다.

혜주는 걱정이 되어서 “고모 지금 혼자 집에 계세요?” 하고 물었다. 고모는 지금 당연히 혼자라고 했다. 결혼한 사촌들은 모두 가까이 혹은 멀리 떨어져 살고 있으니까. 그때나 지금이나 처지는 똑같은 셈이다.

“그래서 내가 물었거든. 왜 그러냐고, 어찌 이 집에 사람이 안 들어온다고 그라요?”

고모는 마음이 덜컥 무거워져서 물었더니 대답이 희한하더라고 했다. 그 집은 이미 오래전부터 이사 온 사람들 몇이 죽어 나간 집이라고. 이렇게 폐허처럼 남아 있는 것도 다들 사고로 죽거나 지병이 있다가 이사 와서 얼마 있다가 죽거나, 그것도 아니면 갑작스레 죽거나 그렇게 세 번이나 그랬다는데 어느 누가 이 집에 이사 오려 하겠냐고. 아무것도 모르는 외지인이나 이곳에 온다며.

“그 뒤로 나는 더 무서웠다. 이 집은 사실 밤이면 전기가 들어오지 않았으니까. 도둑 전기라고 들어봤나. 다른 집의 전기를 낮에만 끌어다 썼거든. 전기 시설도 안 되어 있는 것을 주인이 어리숙한 우리에게 세를 놓았으니까. 아니 누군가 예전부터 그리 전기를 도둑질했는지는 모르지. 그때는 그런 세상이었다. 지금이야 세상 좋아졌지만. 세놓을 수 없는 집을 그리 멀쩡하게 속이고."

혜주는 어리숙한이라는 말이 마음에 남았다. 어리숙하지 않은 사람이 얼마나 되나. 하지만 좀 덜 어리숙한 사람이 더 어리숙한 사람을 속이는 게 여전한 세상이었다.

고모의 이야기는 더 이어졌다. 낮 동안은 사실 전기가 필요한 게 아니었다고. 그때 우리는 라디오도 굳이 듣지 않아도 되고 전기가 들어갈 게 뭐가 있었나. 세탁기가 있었나, 텔레비전이 있었나, 냉장고가 있겠나. 그래서 낮에는 전깃불도 필요 없으니 아쉬움이 없었다고. 딱 하나, 다리미질을 하려면 전기를 써야 했지. 내가 구겨진 옷은 다려 주고 싶었거든. 처음 두어 달 동안 네 고모부 일 나갈 때. 그거 하나였다. 술꾼으로 소문났는데 옷까지 허술하면 사람이 영 믿음이 없어 보이거든. 전기가 필요한 게 딱 셔츠 다리는 한 십 분 정도. 그런데 전기를 몰래 끌어다 쓰는 걸 들킬 뻔했을 때, 그게 어찌나 부끄럽고 마음이 조마조마했던지, 라며 말했다.

고모에게 어두운 밤에 유일하게 위안이 되던 게 바로 고모의 집 앞에 있던 이웃집 창문에서 보이던 불빛이었다. 어쩐 일인지 그 불빛은 밤새 켜져 있었다. 그 집이 이 부근 학교의 선생 집이라는 것은 알고 있었다. 큰딸이 다니는 학교의 선생이라는 것도. 밤새 무슨 공부를 저리 하다가 불 끄는 것을 잊고 저랬을까 싶었다고 했다.

전깃불을 저리 쓴다면 전기세도 만만찮을 건데. 그래도 검은 밤에 그 불빛이 고마웠다고 했다. 어둡고 깜깜한 세상에 고모를 위해 켜져 있는 것 같았으니까. 이상하게도 그런 뒤 그 집에 이사를 오겠다고 사람이 나서더라. 집이 나간 거지. 신기하게도 그런 곳에 또 오겠다는 사람도 있고. 그곳을 떠나려고 그리 애를 태웠는데. 혜주야, 그러니 세상은 요지경이고 사람들은 다 다른 생각을 하고 있더라.

이사를 하게 되면서 그 선생 집에 가서 얘기했단다. 밤에 그 집의 불빛이 늘 켜져 있어서 무섭지 않았다고. 등대 불빛 같아서 깜깜한 한밤중에도 걱정이 없었다고. 혜주야, 또 고맙게도 그 선생 집의 부인이 내가 다 받지 못한 그 집의 전세금 잔금을 대신 받아서 내가 이사한 곳으로 가지고 오지 않았겠니. 친절한 사람들이었어. 이사를 오고 난 뒤에야 알게 되었다. 그 선생이 말했다고 하더라. 뒷집에 혼자 딸들을 데리고 살고 있는 젊은 여자가 전깃불이 없는 밤에 얼마나 무섭겠냐고. 그래서 전깃불 요금이 좀 나와도 불을 켜두자고. 그 선생이 말했다고 하더라.

그런데 혜주야, 그 고마운 부부가 벌써 이 세상을 떠나지는 않았겠지. 고모의 목소리가 떨렸다. 이 세상에 없다면 어찌할꼬. 왜 내가 좀 더 젊을 때 그 사람들에게 밥 한 끼 대접하고 그때 감사했다고 인사를 못했을까. 시간이 있었을 텐데. 내가 그래서 너한테 이야기를 한다. 내가 못다 한 그 이야기를 네가 기억을 좀 해달라고. 그래서 전화한다. 네가 글을 쓴다면서. 고모의 이야기는 그것이었다.

그 불빛과 잘 알지 못하는 사람이 준 인정이 그리웠을 것이다. 그렇게 영도를 떠나오고 고모는 시간의 파도 속을 넘나들며 살아

왔다. 한 번씩 짧게 살았던 영도 밤바다의 파도 소리와 풀이 정강이까지 오게 자라나 있던 영도 집의 스산했던 풍경을 떠올렸으리라.

혜주는 고모에게 오래전, 최가 어딘가를 가리켜 저곳 어디쯤이라 했던 그 절에 대해 물었다. 지나간 시간이 지금에 와서야 다시 이해되는 듯 여겨질 때가 있다.

"그곳은 네 할머니 돌아가시고 재를 모셨던 곳이지. 네 엄마는 그때 말고는 가지 않아서 어디인지도 잘 모를 텐데. 나는 지금도 그곳에 다닌다. 십 년 전까지 그때 심은 감나무에서 감을 따서 가을이면 명부전에도 올렸는데 이제 감나무도 열매가 안 맺힌다더라."

그런데 혜주는 최가 절에 심은 나무를 여름에 꽃이 피는 배롱나무라고 알고 있던데 왜 고모는 감나무라고 할까 싶었다. 하지만 감을 따서 명부전에 올렸다고도 하니 감나무가 더 맞는 이야기일 것이다.

"그때 청학동의 초등학교에 다닌 선생님이라면 학교에 가서 이름이라도 알면 찾지 않을까요?"

이제 고모는 힘이 다했는지 목소리가 가라앉았다.

"십 년 전만 해도 그러면 막연히 찾을 수 있겠지 여겼거든. 시간이 넉넉할 줄 알았다. 그런데 그러자면서도 주저앉고 그리 해볼까 하면서도 한 해 두 해 보내고 말았어. 이제는 어쩌겠나. 다 왔다. 그래서 내가 참회 기도를 한단다."

고모를 만나러 가야겠다고 생각했다. 고모는 일 년 전부터 다리를 다쳐서 바깥출입이 자유롭지 못하다고 했다.

네 엄마와 그 절에 올라가면서 우리도 언젠가 죽으면 이리 울면서 찾아와 줄 사람이 있을까 얘기하며 걸어 올랐다고 고모는 말했다. 그때 최는 혜주라면 그럴 거라고, 그래서 걱정하지 않을 거라고 씩씩하게 말했다고 했다. 네 엄마는 겨우 아홉 살인 네가 그럴 거라고 여겼다. 그래 그리 생각하니 정말 그렇게 되었지 뭐냐. 최를 마지막까지 간병한 사람은 혜주가 맞기는 했다. 친척들도 혜주 아니면 누가 할까 하고 다들 그랬다.

그럴 때 고모는 자신이 죽고 난 뒤에 아무도 없을 거 같다고 말했다.

"그 산이 윤산이다. 높지는 않아도 산에 꽃이 참 많이 핀단다. 봄이면 산길에 누가 심었는지 모란꽃이 피기도 한단다."

고모는 영도를 떠나 여러 곳을 이사 다니다가 윤산 근처로 이사를 간 것일 거다. 그러고 보니 혜주가 그때 최와 함께 부곡동에 간 것은 어딘가에 이름난 한의원이 있다는 것을 알게 되어서일 거다. 혜주는 몸에 붉은 반점이며 두드러기로 오래 고생했다. 몸이 아프다고 저녁이면 혜주에게 약을 먹이던 최가 있었다. 두드러기는 초가을에서 겨울에 이르러 더 심해졌는데 양약으로 주사를 맞거나 알레르기를 없애는 약을 먹는다 해도 효과는 오래가지 않았다. 한의원은 두 군데를 다녔다. 부곡동의 그곳과 영도의 청학동. 혜주는 언젠가 자기의 등과 허리, 허벅지를 가로지르던 그 붉은 줄들을 떠올렸다. 손톱으로 긁으면 피부에 그대로 자국이 남는 묘기증으로 불리는 알레르기성 두드러기. 최는 혜주의 몸을 낫게 하려고 한의원을 찾아가거나 민간요법을 알아 와 약을 달여 주었다. 삼 년이 넘는 동안 혜주는 시달렸다. 최는 혜주에게 한약을 꼭 먹어서 두드러기를 잠재워야 한다고, 그래야 시집이라도 가지 않겠냐고 등을 떠밀었다. 그때쯤이었나. 검은 밤처럼 어둡고 막막한 시절. 밤처럼 어둡고 새벽이 오지 않을 것처럼 여겨지던 그때 일이 아주 오래전이지만 혜주에게 등을 밀던 최의 손길이 여전한 듯 느껴졌다. 옷을 벗고 엎드려 있으면 달여서 식힌 노란 약초 물을 등에 발라주던 최. 비린내 나던 어성초를 집 안마당에 키워서 찧어 달이던 냄새. 그때 알레르기로 고생했던 혜주는 다 낫고 난 뒤에는 그 사실조차도 잊어버렸다. 어둡고 깊은 밤을 보자기처럼 혜주의 얼굴에 뒤집어씌워서 목을 조르듯 잠재운 그것이 무엇이었는지도 이제는 설핏 잊어버렸다. 그 시절에 좋아한 남자가 혜주에게서 돌아서서 다른 여자와 결혼을 한 일이었던가. 아니면 함께 여행을 다녀온 친구들 틈에 혜주가 좋아한 사람이 이미 결혼을 한 유부남이었던가. 그중 어느 것도 아니다. 한때 뜨거운 화상을 입은 듯 고통스러웠던 연애도 신기하게도 잊었다. 온몸에 저녁만 되면 열꽃이 솟아오르게 했던 그 일을, 모르고 지나간 그 일을.

고모의 이야기를 들은 날부터 혜주는 고모를 자주 떠올렸다. 전화기 속에서 들려오던 쟁쟁한 그 음성을, 평생 조금씩 들었을 그

말들을 몇 시간에 걸쳐서 전화로 서둘러 쏟아낸 고모. 밤이 무서웠기에 자다가도 일어나 이웃집 불빛이 켜져 있는지 보았던 고모는 한때 혜주의 모습 그대로였다.

영도의 검은 밤, 내버려두면 언제나 풀이 집을 집어삼킬 것 같은 작은 돌담이 있던 집에서 고모는 밤마다 뱃고동 소리를 들었을 것이다. 어둠을 참아내려고.

혜주는 고모가 자신의 수술 날짜에 꿈을 꾸었다고 하는 이야기를 기억했다. "너희 고모가 뭔가 영험해. 혜주 네가 흰 벽의 어느 병실에서 커튼이 내려진 채 누워 있는 꿈을 꾸었다고 먼저 전화를 하더라."며 최는 얘기했었다. 혜주가 고등학교 때였다. 혜주는 정말 그때 수술을 했다. 맹장염 수술을 하고 흰죽을 먹고 있을 때였다. 무심히 들려주는 최의 얘기 속에 어쩐지 최가 고모를 무척 부러워하는 느낌이 들었다.

고모는 혜주의 남은 혈족 중에 가장 연장자 다. 고모의 이야기 이후 혜주는 오래전 읽다가 덮어 둔 장편소설의 한 장을 다시 펼친 것이라 여겼다. 소설 속에는 여전히 고모와 고모부, 백부와 백모의 얼굴이 나와 있다.

혜주는 고모의 전화를 받은 이후 팔순의 고모가 언제나 영도의 바닷가 마을에서 젊은 여자가 되어 반찬으로 꽁치를 굽거나 다리미질하는 모습을 떠올린다. 다리미질하는 고모에게 한 남자가 다가와 이 집에 몇 명의 사람이 사느냐 묻던 한순간을. 어쩌다 광목천을 덮고 고모부의 셔츠를 다리미질하다가 사실 도둑 전기를 쓴 것이 겁이 나서 쩔쩔매던 젊은 고모가 눈에 선했다. 그때 그 젊은 남자는 정말 전기 회사의 직원이었을까. 도둑 전기를 쓰는 이를 찾기 위해 파견된 직원이었는지 알 수 없지만 고모는 황망히 다리미를 감추었을 것이다. 빨래를 널러 옥상으로 올라가면 바다가 보였을 것이고 바람은 빨래에 짠 바다 냄새를 덧씌웠을 것이다. 이 부분은 고모가 말해 주지 않았지만, 혜주는 집 마루에 앉아 언제나 이 집을 언제 떠날까, 하고 반쯤 넋이 나간 모습으로 있던 고모가 떠올랐다.

부곡동에 가서야 혜주는 본인이 윤산을 이미 알고 있다는 것을 확인했다. 윤산을 돌며 나오다 보니 그 많은 일을 한 것은 그때의 시간이었다는 것을 알게 되었다. 차곡차곡 시간이 쌓여 가서 그런 많은 일이 빈틈 사이로 사라져 버릴 수 있었다는 것을.

영도에 한 번 가봐 줄 수 있냐고 고모는 말하지 않았다. 혜주에게 한번 집으로 찾아오라고도 말하지 않았다. 끝내 고모가 말하지 않은 것은 늙어 가는 자신의 외로움과 바다처럼 출렁이는 그리움이다. 혜주 또한 누구에게도 말하지 않은 것을 고모에게 다 말하지 않았다.

혜주는 생전 최의 걱정대로 결혼하지 않았다. 결혼할 뻔했던 시절이 있기도 했지만 혜주는 직장 다니고 놀러 다니는 것을 자신의 성격으로 받아들였다. 마흔다섯이 지나 집안에 비혼을 선언했다. 다행인 것은 최는 언제나 혜주를 못살게 굴듯 혼을 냈지만 혜주가 결혼하지 않는 것을 이미 계획에 넣은 듯 받아들여 주었다는 것이다.

"고모, 왜 영도에 살았던 이야기를 누구에게도 하지 않았어요?"

고모는 남사스럽게도 도둑 전기를 쓰고 사람이 세 명이나 급사한 그런 집에서 산 게 너무도 한심해서 그랬다고 했다. 딱 여섯 달 살고 나온 영도에서 이 일은 절대 다른 사람에게 말하지 말자라고 결심했거든. 밤마다 불빛을 켜 주던 그 선생 집이 너무도 고마웠기에 마음 한구석에 희망도 가졌다. 잘 살고 나면 꼭 만나야지 하는 내 안의 비밀 같은 것이 생겨났다. 밤을 뚫고 가는 마음의 빛이 되어 준 그 불빛을 잊지 말자고.

그때 어둠 속에서 불빛을 찾아 밤새 무서움으로 인생의 다짐을 하던 젊은 고모도 이후 수많은 시간을 보냈다. 마흔이 넘고 쉰이 지나 세 딸들을 결혼시키고 일흔의 나이에는 술꾼이던 고모부와 사별했고 그 후 결혼한 딸들 덕에 호강스럽게 산다고 했다. 제주도도 가고 울릉도도 가고 살기 좋은 캐나다에 다녀오기도 했다고 한다. 그래도 검은 밤, 영도의 그 집을 고모는 못 잊는다고 그랬다. 그게, 사람의 마음이라서.

혜주가 그 방을 떠나온 것은 눈이 내리지 않게 되면서였다. 이월 중순 이후 눈은 내리지 않았고 일기예보에 기온은 올라간다고 했다. 혜주는 간단히 가방을 싸서 집으로 돌아왔다. 그전에 주인은 세면대 막힌 부분을 재빠르게 고치고는 언제까지 여기에 살 거냐고 물었다. 왜요? 아니 오래오래 지내시라구요. 세면대도 수리했고 다른 것도 손봐 드릴 테니까. 눈이 오는 십이월이면 다시 올게요.
혜주는 웃었다. 선량한 주인이지만 눈이 오지 않는 한 그 어두운
방은 혜주에게 그립지가 않을 것 같았다.

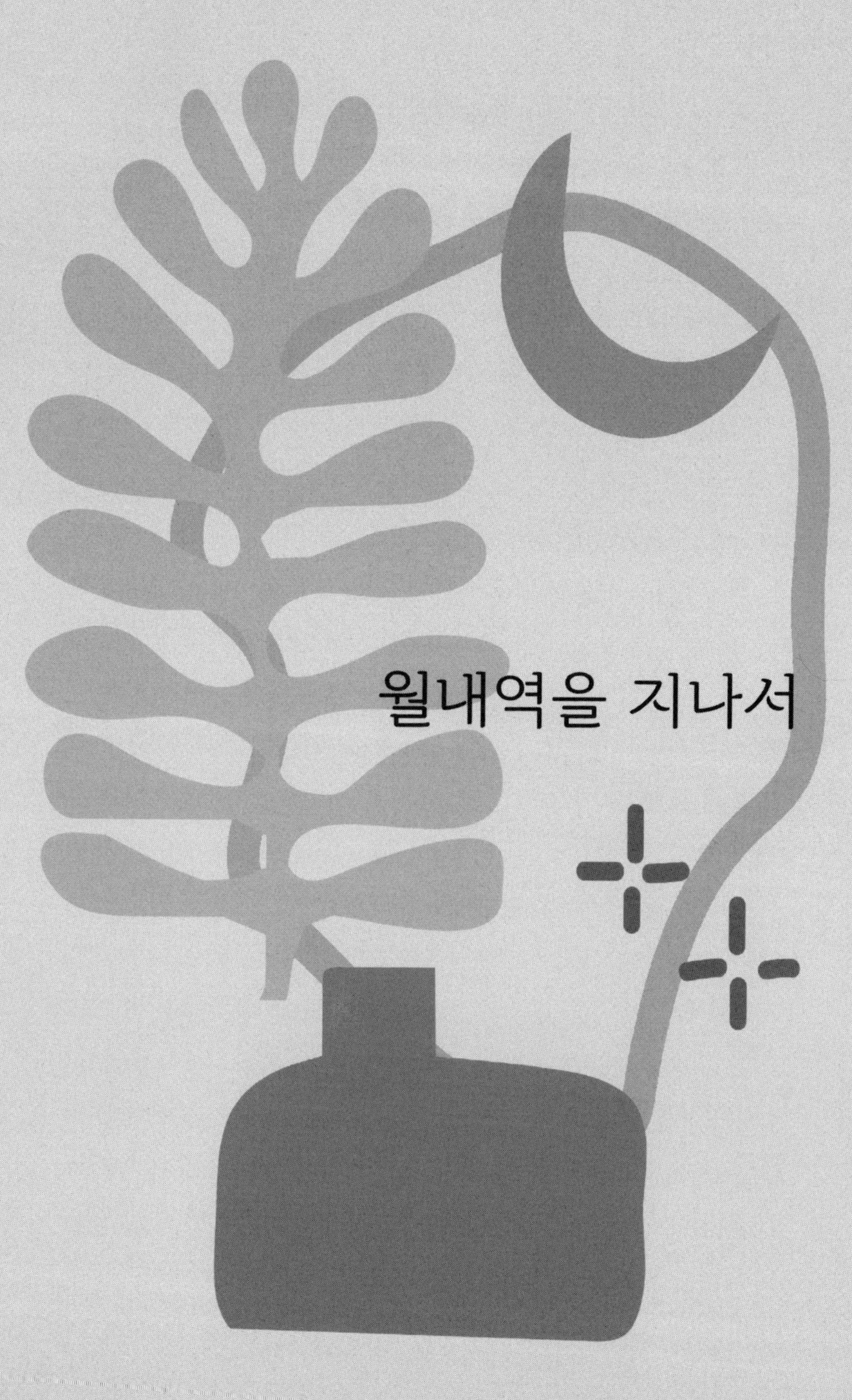
월내역을 지나서

　　태화강역행 무궁화 열차는 신해운대역에서 오전 아홉 시 십오 분에 출발했다. 문숙은 다행히 늦지 않게 도착했다. 간밤에 늦게 잠들어 아침 일찍 깨기가 힘들었다. 오랜만에 M에게서 연락이 있었기 때문이다. 문숙은 열차 시간을 놓치지나 않을까 조바심 내며 걸어왔다. 문숙의 가방 안에는 오일 파스텔과 화판과 이런저런 그림 도구들이 있었다. 집에서 이 모든 것을 챙겨 역까지 오느라 힘들었기에 앉자마자 숨을 몰아쉬었다. 역까지 십 분 정도 걷느라 지쳤고 꽤 무거운 화구를 넣은 가방이 문숙의 옆구리를 계속 쿡쿡 찔러 왔다. 목적지인 태화강역에서 내려 다시 버스로 갈아타고 A 화실을 찾아가야 했다.

부전역에서부터 달려온 열차 안에서는 봄과 가을에 이상하게 들뜬 흥분을 가끔 볼 수 있었다. 상춘객들과 가을의 단풍 열차 관광객들이 열차 안을 메웠다. 봄이면 분홍빛으로 혹은 가을이면 열차 안 객석 몇몇 칸은 바닥이 빨간 단풍 무늬로 프린트되어 있었다. 역시 이른 봄의 열차에는 사람들 생기로 가득했다.

열차 안에는 어디서 시작되었는지 모를 빛이 여기저기에서 흘러나왔다. 자리를 잡고 앉은 후 처음 빛이 어른거릴 때 문숙은 저 광채가 어디서 오는가 싶어 고개를 돌려 보았다. 소리 없이 잔잔히 퍼지듯 흔들리는 빛은 다양한 색깔을 가지고 있었다. 붉은빛과 초록빛으로 어딘가를 찾아가듯 광채는 열차 안 차창을 더듬기도 하다가 벽을 따라 흐르기도 했다. 빛이 시작된 곳에는 보랏빛 스웨터에 아주 커다란 기하학적 모양의 목걸이를 한 늙은 여자가 있었다. 문숙이 좌석에 앉기 전부터 열차를 타고 온 건너편의 두 늙은 여자는 서로 이야기에 빠져 있었다. 그러다 한 여자가 거울을 꺼내 얼굴을 보고 있으니 목걸이에서 반사된 빛이 더욱 환하게 쏟아졌다.

문숙은 손에 쥐고 있던 무거운 가방을 비어 있는 옆자리에 두었다. 자디잔 빛이 점점이 흔들리며 열차 천장으로 튀듯이 퍼져 나가고 있었다. 보랏빛 스웨터 여자는 그것을 모르고 있는 것 같았다. 자신의 목걸이에서 반사된 여러 빛이 열차 안에 퍼져 나가는 것을.

부산스레 움직이던 보랏빛 스웨터의 늙은 여자가 가방에서 무언가를 꺼냈다. 검은 비닐봉지에서 꺼내 놓은 것은 잘게 찢어 놓은 말랑한 곳감과 붉은 콩이 박힌 떡이었다. 두 사람은 나란히 무릎을 모으고 떡과 곳감을 먹기 시작했다. 먹을 곳을 찾아 고르고 골라서 이 열차에 올라탄 듯이.

"나는 콩떡이 아직도 좋아. 입맛은 변하지 않네."

보랏빛 스웨터에 화려한 목걸이를 건 늙은 여자는 눈가에 주름을 지으며 웃어 보였다. 문숙은 목걸이에 눈이 갔다. 문숙은 여자에게 말해 줄까 하다 말았다. 당신 목걸이에서 나온 빛들이 너무 산만하게 열차 안을 돌아다닌다고. 하지만 그렇게 말해도 될까? 그러기에 여자는 나이도 많았고 멋을 부린 것을 지적당하면 싫어할 수도 있었다. 그리고 어쩌면 그 사실을 모르고 있을 테니까. 저 여자는 일흔은 넘겼을까. 아니면 예순 후반인가. 늙은 여자들이라 해도 나이를 가늠하기는 어렵다. 옆에 곁눈질하듯 주위를 돌아보며 말없이 먹기만 하는 겨잣빛 재킷의 여자는 작은 입을 오물거리며 고개만 끄덕거렸다.

그런 이미테이션 목걸이나 팔찌를 몇 개씩 한 여자들을 볼 때면 문숙은 그들에게서 이방인의 냄새를 느꼈다. 때로 그들은 지나치게 큰 목소리를 내기도 했고 공공장소에서도 거리낌 없이 크게 웃어댔고 깜짝 놀랄 일을 너끈히 해내기도 한다고 여겨졌다. 저렇게 한눈에 보아도 요란한 목걸이를 걸고 있는 늙은 여자는 목소리도 컸다.

문숙은 그런 목걸이를 보면 리 이모가 떠올랐다. 한두 개가 아닌 여러 개의 목걸이를 걸던 리 이모의 모습. 리 이모는 나이가 들어서도 꼭 화장을 했고 젊었을 적에는 청바지를 즐겨 입었다. 친척의 모임에 남아 있는 사진 속 리 이모의 목걸이는 먼 여행지에서 온 물건 같았다. 리 이모에게는 화려한 옷차림이 자연스러웠다. 노란 판탈롱 바지며 머리 위로 올려 쓰던 레이밴 선글라스도. 큰 키에 멋진 리 이모. 몇 년 전 죽은 리 이모가 살아 있다면 아마 저 보랏빛 스웨터를 입은 여자 나이쯤일 거라고 여겨졌다.

열차는 일광을 지났고 콩떡과 곶감을 조금씩 먹던 보랏빛 스웨터의 늙은 여자는 어디론가 자주 전화를 걸었다. 그런 뒤 다시 거울을 꺼내 보고 부풀려 올린 머리를 매만졌다. 시끄러울지도 모르겠다고 생각하며 이어폰을 낀 문숙은 이제 음악 소리를 더 낮췄다. 어쩐지 목걸이를 한 늙은 여자의 목소리가 들려주는 이야기에 문숙은 묘하게 엉겨들었다.

음악을 좋아하는 문숙이지만 수없이 많은 음악을 듣고 들어도 다시 되돌려 듣고 싶은 것이 점차 없어지고 있었다. 나이가 들어가면서 물처럼 부드럽고 들어도 아무런 자극을 주지 않는 음악이 좋았다. 언제부턴가 어떤 음악도 듣다 보면 한순간도 더 들을 수 없을 때가 오기도 했다. "좋은 것도 질릴 때가 있더라." 예순이 넘어가던 리 이모가 하던 말이었다. 리 이모는 자주 뭔가에 질린다고 했다. 어디서 그런 얘기를 들었을까. 문숙은 리 이모와 언제 그렇게 가깝게 이야기를 나누었는지 알 수가 없었다.

열차 속도가 빨라졌다가 느려지고 몸이 흔들릴수록 소리의 진동은 물이 퍼지듯 스며들었다. 목걸이에서 나온 광채가 가끔 일렁거렸기에 문숙은 눈을 감아 버렸다. 옆자리에 앉은 두 늙은 여자는 귤을 까먹고 다시 곶감을 먹고 떡을 반복해서 먹었다.

문숙은 오늘 M이 보내올 이야기를 기다리고 있었다. 얼마 전 M은 몇 장의 사진을 보내왔다. 오래전 문숙과 M이 함께 일하던 직장 내의 단합회 때 찍은 사진이었다. 어찌 된 일인지 문숙은 사진 속 젊은 얼굴들이 너무 생경했다.

"그 사람을 찾을 수 있겠어?"

불쑥 M은 '그 사람'이라고 말했다. 그렇지. 그런 사람이 있었다. 그런데 왜 이제야 그 이야기를 하는 것일까 의아해지기도 했다. 사진 속에서 웃고 있는 이는 문숙과 M뿐이었다. 둥글게 둘러앉아 카메라를 응시하는 일곱 명의 얼굴. 당시 회사에 있던 몇몇 동료의 얼굴이 보였다. 얼굴들은 신문 속 오래된 사설의 한 구절과 함께 올라온 자료 사진처럼 보였다. 문숙이 잊고 있던 한 번도 떠올려 보지 않은 상황이 갑자기 닥쳐왔기에 M에게 어떤 이야기도 할 수 없었다. 그 사람들 중에 이름도 기억나지 않는 사람이 대부분이었다.

"네 옆에 앉은 사람이 바로 황 차장이지."

M은 사진을 보낸 후 바로 전화를 걸어왔다. 그리고 밤이 깊도록 이야기는 길어졌다.

"알고 있어. 황 차장은. 하지만 다른 사람들 이름은 떠오르지 않아."

그곳이 어딘지 정확히 기억나지 않았기에 더 이상 말할 수가 없었다. 풀숲에 함께 둥글게 앉아 순간 멈춰진 모습은 M의 카메라로 누군가 찍은 사진이었다. 그때가 언제였지? 함께 일한 동료가 꽤 많았다. 직장에서 삼사 년 다니고 결혼과 함께 나가 버린 이가 많았다. 물론 결혼이 퇴사 사유는 아니었다. 새삼 그들과 그렇게 시간을 보냈다는 게 낯설었다. 그때가 좋은 시절이었다고도 말하고 다시 그저 그런 시절이었다고 말했다. M은 이제 황 차장도 예순에 가까울 거라 했다. 그래도 지금이라도 처벌해야 하지 않겠느냐고 말했다.

"아무것도 모르던 때였으니까."

문숙은 그렇게 말했다. 그때는 그런 일이 문제가 될 거라고 생각도 못 한 일이었다고. 우리가 참 바뀐 것도 바뀌어야 할 것도 많은 그런 곤혹스러운 시절을 지나왔다고만 말했다. 그날 밤 M의 목소리는 너무도 또렷하게 들렸다. 문숙은 이전에도 가끔 M과는 그렇게 늦은 밤에 전화하고는 했다.

지난밤 문숙은 M이 보내온 몇 장의 사진을 보며 새벽까지 뒤척거렸다. 문숙은 지나간 시절에 자신이 그런 모습으로 있었다는 것이 생소하기도 하거니와, 장면 속에 그렇게 희미한 웃음을 띠며 어딘가를 바라보고 있다는 것이 낯설었다. 그들이 이십 대 후반 모습이라는 게 이해되지 않았다. 문득 문숙은 그 얼굴들이 지금은 어떻게 나이 들었을까 궁금하기도 했지만 결코 크게 그 얼굴 모습에서 벗어나지 않으리라는 것도 알고 있었다. 매달 학생들을 관리하며 초, 중학교 국어와 영어 학습 자료를 만들고 가르치던 시절이었다. 학생들 성적만 관리하는 게 아니라 학부모 열성도 관리해야 했다. 무엇보다 회사 영업이익을 위해 회원 수를 늘리는 것이 가장 중요했다.

'월내 바닷가에서'라고 적어 둔 사진 뒷장은 M의 글씨였다. M은 그때 자주 카메라를 가져왔고 사진을 현상해서 지인들에게 주기도 했다. 사진 뒷장에 함께 있는 몇몇 동료의 이름을 적어 놓았지만 정확히 그 얼굴들이 이름에 맞는 얼굴인지 알 수 없었다. 문숙은 이름들이 갑자기 들이닥친 모르는 방문객처럼 느껴졌다. 그렇게 모였던 이들은 몇 년 뒤 이러저러한 이유로 퇴사했고 그런 후 그들 중 누구도 다시 만난 적이 없었다. 다시 만나지 못해서 아쉬워한 적도 없는 사람들이었다. 직장에서 만난 시절 인연이었다.

물론 이후 그들 중 누군가가 결혼한다고 했을 때 문숙은 축하하기 위해 경주 외곽 어느 시골 예식장에 가기도 했고. 아주 멀리 대전까지 간 적이 있다는 것을 희미하게 떠올렸다. 결혼하고 직장을 떠난 이들은 결혼식 이후로 거의 연락이 끊어졌다. 그때 결혼은 그런 것이었다. 인간관계를 단절하기에 그만큼 좋은 핑계도 없었다. 그럼에도 문숙은 누군가 결혼식이 있으면 되도록 빠지지 않았고 적정한 금액의 축의금을 내고 참석했다. 그런 후에는 그 사람들과의 관계도 점차 사라져 갔다. 결혼식에 참석했다고 해도 이후 함께 찍은 결혼식 사진을 받아 본 적이 없었기에 수많은 결혼식에 갔어도 기억에 남는 일이 없었다. 그런데 M은 그때의 한 사람을 소환

하고 있었다.

보랏빛 스웨터의 늙은 여자는 시계를 보며 가슴을 쓸어내렸다. 먹은 게 얹히기라도 한 건가 싶었다.

"어제 한숨도 잠을 제대로 못 자서 얼굴이 푸석해. 결국 이렇게 올 게 오는구나 싶구. 이러다 혈압이라도 오르면 어쩌누."

주름진 얼굴에 양미간 걱정을 담아 얘기했다.

"그러고도 먹을 것은 챙겨 오는 정신머리는 있었네. 나도 잠을 설쳤어. 이 나이에 이런 일로 오라 가라 얘기 듣고, 기분이 썩 좋지 않아서."

옆에 앉은 겨잣빛 재킷의 늙은 여자가 소심하게 앙다문 입에 살짝 불만이 있었다. 겨잣빛 재킷의 여자는 자신의 이를 내보이다가 태연히 입을 앙 크게 벌렸다. 비싼 임플란트를 어쩔 수 없이 했노라고 말했다. 아직 이가 입안에서 무겁게 느껴진다고, 만사 귀찮고 입을 벌리고 있기도 힘들다고 했다. 무섭게도 돈이 많이 들어갔지만 이가 없으면 씹을 수가 있어야지.

"돈. 이제 그런 것에는 우리가 겁내지 말아야지."

보랏빛 스웨터의 늙은 여자가 큰소리로 대꾸했다.

음악을 듣던 문숙은 자신도 모르게 두 늙은 여자의 이야기에 빠져들고 있었다. 뭔가 겁내지 말라고 하는 말이 문숙의 마음속에 퍼졌다. 어떻게 대담하게 '겁내지 말아'라고 말할 수 있나 싶었다.

문숙도 시계를 보았다. 늦을까 봐 늘 조마조마했다. 늘 걱정하며 달려온 시간이었다. 태화강역에 도착하기까지 이십여 분 정도 시간이 남았다. 태화강역에 가면 그래도 문숙은 마음이 놓일 것 같았다. 그곳으로 가는 버스를 제대로 타기만 하면 되니까. 지각하고 싶지도 빠지고 싶지도 않았다.

M은 그때 동료였던 사람 모두의 연락처를 알아내고 일일이 전화를 했을까. M이 원하는 일이 정말 무엇인지 문숙은 알 수가 없었다. 탄원서를 받으려고 시작한 일일까? 너무 시간이 지난 일이라 쉽게 되지는 않을 거라는 생각도 들었다.

문숙은 어젯밤 아이라이너를 그리다가 각막을 찌를 뻔했다. 새로 나온 핫한 아이템이라는 아이라이너였는데 며칠 전 화장품 가게를 지나가다 갑자기 사게 된 것이었다. 문숙은 요즘 들어 거의 아이라이너를 쓰지 않았다. 화장품 가게 직원은 누가 쓸 것이냐고 물었다. '왜요? 나이 든 사람은 어울리지 않나요?' 하마터면 문숙은 그렇게 물어볼 뻔했다.

직원은 너무 어려 보였기에 문숙은 그녀가 자신을 너무 늙은 사람으로 취급하는 것은 아닌지 궁금했다. 수많은 기능성 화장품으로 가득한 매장 가운데 서성이다 보니 문숙은 자신이 무얼 사러 왔는지도 잊어 버릴 지경이었다. 사실 아이라이너를 꼭 사려던 것은 아니었다. 여기저기를 둘러보다가 수분 크림이나 살까 하고 빙빙 돌아다녔다. 어쩌면 나이로 본다면 어린 직원은 분명 문숙의 딸 정도인지도 모른다. 열아홉 살, 아니 스물이나 스물하나의 나이.

"아니오. 요즘 오십 대 분도 다들 쓰세요. 제 어머니도 그걸 쓰세요. 눈썹이 옅으신 분은 그것보다 이게 더 좋아서 그래요."

열심히 제 몫의 역할을 다하려는 직원이었기에 문숙은 직원 안내를 따라 다른 제품도 보게 되었다. 그리고 아이라이너 외에 주름 개선에 좋은 아이크림도 샀다. 세일 기간이라고 그랬다. 어린 여자 직원 안내를 받자 제품을 둘러보는 게 쉬워졌기도 했다.

화장품을 정리하고 M과의 전화 통화가 끝난 뒤 문숙은 M이 보내 준 오래전 사진 속 자신의 모습과 옛 동료들을 골똘히 바라보았다. 이십오 년 전 얼굴은 낯설고 너무도 어렸다. 짧고 비스듬히 넘긴 머리칼로 문숙은 어정쩡하게 어딘가를 바라보고 웃고 있었다. 사진 속 얼굴들은 스물여섯에서 서른 정도의 나이들이었다. 그때 나이 갑절만큼 시간이 지났다는 것이 분명하지만 지금 시간과 그때 시간이 함께 어우러져서 문숙은 존재하는 것 같았다.

그곳은 어디였을까. 마른풀들이 듬성듬성 나 있는 그 들판은. 어떤 특징도 없어 보이는 그곳은 문숙에게 낯선 장소였다. 그러니까 문숙에게는 그 사진도 처음 보는 것이었고 그 장소조차 낯선 곳이었다. 어쩌다가 그런 곳에 있게 되었는지 알 수 없었다. 문숙이 생각하는 그날 야유회 장소는 그런 바닷가가 아니었다. 그때 사진 속 장소는 어디선가 잘못 삽입된 장면처럼 보였다. 하지만 M은 그곳이 월내 바닷가 부근이라고 적어 두었다. M의 기억이 다 맞다고 할 수는 없었다.

밤에 어디 갈 데도 없는데 아이라이너를 그리다가 지우고 거울 속 자신의 눈동자를 보았다. 진한 밤색의 아이라이너를 들고 속눈썹을 뚜렷하게 그린 문숙은 자신이 돌멩이 같다고 여겨졌다. 옅은 눈썹 탓에 문숙은 지나치게 희미하고 존재감이 없는 듯 여겨졌다. 흐릿한 인상, 성근 눈썹, 때로 어릴 적부터 진지함도 영특함도 보이지 않는다고 문숙은 거울을 보며 스스로 여겨 왔다. 비혼에 쉰을 넘긴 여자였고, 이제 새로 다른 일을 하겠다고 해오던 학원을 정리한 문숙이었다. 아이들을 다루기가 너무 힘에 부쳤다는 것도 한몫했다. 달라질 것도 없지만 그런 마음이 있었다. 죽기 전에 하고 싶은 것을 하자. 그림이라면 더 좋을 것 같았다.

A 화실에 가려면 태화강역에서 내려 버스로 갈아타야 했다. 그동안 몇 번이나 갔음에도 문숙은 도대체 몇 번 버스가 목적지에 제일 빠르게 갈 수 있는지 여전히 알지 못했다. 그렇기에 늘 버스를 검색했고 버스를 자칫 잘못 타고 알지 못하는 곳으로 둘러 갈까 봐 조바심을 냈다. 택시를 타고 가기에는 돈이 아깝기도 했다. 가끔 오 분, 십 분 정도 늦어진다면 문숙은 화실에 전화를 해두었다. 여섯 명의 회원은 늘 일찍 모여 머리를 숙인 채 그림을 그리고 있기도 했다. 작은 화실에서 문숙은 손가락 끝으로 지극히 느리고 꼼꼼하게 문질러 그림을 완성하는 초크 아트를 배웠다. 특수 처리된 블랙 보드 위에 오일 파스텔로 그림을 그리는 초크 아트는 손가락 끝의 힘 조절로 문지르면서 색 효과를 내는 것이 중요했다.

"천천히 부드럽게 색이 퍼지도록 문질러 줘야 해요." 강사는 늘 그 말부터 했다. 손가락 끝의 온기로 색감이 고루 퍼진다고 했다. 그렇게 믿고 오일 파스텔을 문질러 주면 신기하게 색은 엷게 퍼져 나가 막을 입힌 듯 아른거렸다. 초크 아트는 과일이나 케이크, 주스를 맛있게 표현하거나 독특한 그림 스타일로 커피나 디저트의 안내판으로 쓰이는 것이었다.

"느리게 천천히 칠한 뒤에 색을 걷어 내세요."

화실에서 온종일 지내는 강사는 가끔 주문받은 작품을 완성하느라 바쁘게 작업하고 있었다. 한두 명이 결석을 하거나 지각을 하면 금방 표가 났다. 문숙은 때로 저렇게 느리게 작업을 해서 과연 돈은 벌 수 있을까 싶기도 했다. 지극히 상업적인 그림인데 작품 하나를 완성하기에 시간과 공력이 많이 들어가는 작업이었다.

무궁화 열차를 타고 매주 한 번 그곳으로 가서 두어 시간가량 손가락 끝으로 그림을 문지르며 번져 가게 하는 일. 공력이 많이 들어간다는 사실을 문숙은 이미 알고 있지만 그래도 그 시간은 어떤 시험이기도 하고 치료이기도 했다. 지난주에는 올리브 열매 색의 커피잔을 그렸다. 볼륨감 있는 여러 겹의 거품이 흘러넘치기 전의 카푸치노가 담긴 커피잔이었다.

처음 오일 파스텔 그림을 소개하는 것을 보고 문숙은 무척 작업을 하고 싶어서 전화로 신청했다. 회비와 재료비를 넣고 시간과 일정을 확인했다. 매주 한 번 오전 열한 시에 시작하는 수업이고 열차로 멀리까지 가야 했다. 첫 수업 시간, 강사는 문숙의 열정에 감탄했고 옆에 있는 수강생들에게 과하게 칭찬하는 바람에 문숙은 수업에 빠질 수가 없었다. 어깨가 무거워졌고 그러다 보니 쉰 나이를 놀라워하는 삼십 대들에게 살짝 부담되기도 했다. 옷도 신경 쓰이고 얼굴에 화장도 조금씩 해야겠다는 생각이 들었다.

천천히 움직이는 열차는 일광을 지나 월내, 남창, 덕하역을 거쳐 태화강역에 이른다. 열차 경적이 들리고 철컹이는 출입문이 열리면 미리 준비한 문숙은 열차에서 가장 먼저 내렸고 어김없이 다른 세계에 들어섰다. 비워 내고 지워 버리는 일. 그렇게 해서 가벼워지는 삶이라면 얼마나 기꺼울까 싶어서 비워 낸다는 세계 속으로 성큼성큼 발을 디뎠다.

열차가 선로를 따라 움직일 때마다 여전히 목걸이에서 부딪혀 오는 빛에 눈이 부셨다. 문숙은 자리에서 일어나 열차의 다른 칸으로 걸어가 보았다. 빈자리가 있다면 다른 곳으로 자리를 옮길까 싶기도 했다. 태화강역까지 가려면 아직 시간이 남아 있었다. 다른 호실로 이어지는 열차 연결 부분 창에 기대서 풍경 뒤로 서서히 멀어지는 낡은 집이나 헛간을 보며 사진을 찍었다. 창밖은 햇살로 충만했다.

다시 제자리에 앉은 문숙은 읽던 책을 펼치고 어떤 증명서를 읽어 보듯 얼굴을 찡그렸다. 눈부심이 심한 것인지도 모른다. 서로 챙겨 가면서 콩떡을 나눠 먹는 선량해 보이는 두 사람은 그들 목걸이에서 반사된 빛이 다른 이의 눈을 성가시게 한다는 것은 모르고 있었다. 선량한 사람도 알지 못하는 사이 누군가에게 피해를 줄 수도 있었다.

　문숙은 불현듯 떠오른 리 이모를 곰곰이 생각해 보았다. 리 이모의 모든 것은 외모를 통해 안 것이다. 리 이모는 친이모가 아니라 먼 친척 외숙모였다. 문숙은 그냥 다른 이들이 말하듯 리 이모라 불렀다. 호리호리한 리 이모는 운동선수 같았고 늘씬했다. 둥글게 만 머리를 풀고 쭉 곧은 재킷을 입으면 마치 운동선수가 메달을 목에 걸기 위해 시상대로 걸어 나가는 듯 여겨졌다. 왜 리 이모라는 이름으로 불리는지 알 수 없었다. 진짜 이름이 세리인지 애리인지 모르지만. 리 이모가 즐겨 입는 청바지가 수입 상가에서 산 비싼 Lee 청바지였다는 정도만 알 뿐.
　리 이모는 결혼 후 남편과 꽤 자주 다투었다. 딸아이를 낳고 기저귀를 빨면서 리 이모도 짜증 많은 여자로 변해 버렸고 퇴근이 자꾸 늦어지는 남편을 기다리다가 히스테리 해졌다고 했다. 시상대로 걸어가는 듯 여겨지던 발걸음이 무겁게 질척거렸을 것이다. 좋은 것도 질릴 때가 있다고 리 이모는 늘 그랬다. 많은 시간이 지난 뒤 사십 대의 리 이모의 남편이 어떤 투서 사건에 연루되어 경찰복을 벗자 그 말도 더 이상 하지 않았다.

　옆자리 늙은 여자들이 나누는 이야기는 자신들의 결혼 이후 알게 된 친척 간의 이야기였다. 두 여자는 그러니까 친인척이고 어떤 사건을 함께 풀어 나가고 있는 참이었다. 그건 어떤 땅 문제였다.

조용해진 열차 안에서 두 목소리는 더욱 귀에 또렷하게 들려왔다.

"기명이 아버지가 그렇게 바람이 안 났으면 기명이 어미도 밖으로 나돌지 않았을 건데. 기명이가 어릴 때 가출만 몇 번이나 한 건지."

문숙은 귓가에 들리는 기명이 이름만으로 그를 떠올린다.

"그런 기명이가 문중 땅을 홀딱 팔아먹었으니."

그 땅이 그렇게 허술하게 팔릴 줄 누가 알았겠냐고 했다.

"늙은 우리가 거기에 간다 해도 무슨 소용이 있을까? 아무래도 나는 안 가는 게 좋겠어."

"그래도 여기까지 왔으면 가야지. 탄원서도 내고 기명이 집에 가서 얘기도 들어 보고."

문숙은 열차 안 규칙적인 진동음과 간혹 들리는 안내 방송에 귀를 열어 두었다. 소리는 낮고도 물속처럼 흐느적거렸다. 두 늙은 여자의 이야기에는 맥락이 들어 있었다. 문숙은 간혹 어디선가 기괴하게 웃어대는 여자 목소리를 들었다. 좌석 맨 끝자리에서 통화를 하는 소리일지 모른다. 문숙은 가방 속에 든 화구들을 떠올리며 어쩌면 앞으로 자신 인생에 전혀 상관없는 일일지도 모를 그림 그리는 일을 왜 이렇게 힘들게 해나가는지 궁금했다. 자신을 어디라도 데려다주리라 믿는 일이 헛된 갈망은 아닌지 스스로 물었다. 그럴 수 있을까. 초크 아트 그림을 배운 후 문숙은 본격적으로 창업을 해보려고 마음을 먹었다. 하지만 너무 느리고 애쓰는 것에 비해 소득이 적을 수도 있을 거라는 생각에 걱정도 되었다. 나이가 들어도 세상 준비해야 할 일은 많았다. 그런 중에 M의 이야기는 새삼 지나간 일들을 거꾸로 돌아가게 하는 일인 듯해서 대꾸하기에도 힘이 들었다. 문숙에게는 뒤를 돌아볼 여력이 생기지도 않았다. M이 말하는 정의라든가 보상이라든가 위로가.

아홉 살인 문숙이 엄마와 함께 리 이모 집으로 놀러 갔을 때 리 이모는 갓난아기인 딸을 안고 어쩔 줄 모르고 있다가 내려놓았다. 어린 문숙은 리 이모가 여자아이를 낳은 것이 좋았다. 리 이모는 판탈롱 바지를 벗고 헐렁한 잠옷을 입고 누워 있다가 딸 기저귀를 갈아 주었다. 미역국을 끓이느라 건너 부엌에 있던 엄마는 자리에 없었다.

"이걸 가져가서 저기서 좀 빨아라." 리 이모는 푹 젖은 기저귀를 툭 던져 어린 문숙에게 주었다. 문숙은 축축하고 지린내가 나는 기저귀를 들고 어쩔 줄 몰라 하다가 방을 나왔다. 마당 한구석 물이 가득 담긴 대야에서 물을 퍼 손빨래를 하라고 했다. 물이 찼다. 아기 기저귀는 물에 담가도 뽀얗다. 아기 똥이 아니라 오줌일 뿐이라고. 하지만 빨고 있는 내내 리 이모가 자신을 애 보기로 취급했다고 여겨져 문숙은 기분이 나빴다. 엄마에게 말하지 않았다. 엄마도 문숙이 기저귀 빨래를 했다는 것을 알지는 못했을 것이다.

리 이모는 엄마 앞에서는 어린 문숙을 칭찬했다. "온순하고 애가 말을 잘 들어서 형님 편하겠어요."라며. 그리고 자주 놀러 오라고 했다. 문숙이 집으로 돌아갈 때 리 이모는 부엌 구석에 있는 양동이에서 사과를 집어 오라고 했다. 사과가 담긴 양동이는 연탄재가 쌓인 구석 끝에 있었다. 문숙은 두 손에 하나씩 그리고 한 개 더 사과를 집어 왔다.

"형님, 문숙이 손이 저리 잘아서야."

문숙이 들고 온 사과 세 알을 보고 리 이모는 웃었다. 뭘 잘 모른 채 엄마도 함께 웃었다. "재가 욕심이 없고 착해." 리 이모는 무거울 정도로 사과를 넣어서 봉지에 담았다. 엄마는 그만 됐다고 말했다. 손이 작다는 말을 처음 들었는데도 어쩐지 자기를 낮춰 말하는 거라는 게 느껴졌다.

리 이모 집은 유리창 밖에서 환히 들어온 햇살로 길게 이어진 검은 쪽마루가 반짝거리는 일본식이었다. 문숙이 심부름으로든 자발적으로 갔든 그 집에 자주 간 것은 일본식 구조가 좋아서였다. 리 이모가 문숙에게 던져 준 기저귀는 집 어딘가에 아직도 그대로 있는 것 같았다. 중학생이 된 이후 문숙은 그곳에 가지 않았고 이리저리 소식만 들었다. 문숙은 정말 자기 손이 잘아서 인생에 그다지 큰 소득이 없는 것인가를 어떤 시기마다 떠올려 보고는 했다.

리 이모에게는 열차 안을 더듬는 여러 겹의 빛 무늬가 있었다. 리 이모의 흰 발가락에 칠해진 붉은 페디큐어. 리 이모는 한여름에는 멋진 샌들을 신었고 겨울이면 나이가 들었어도 가죽 부츠를 신었다. 처음 보았을 때 리 이모가 입은 레몬 빛깔 저지 소재 판탈롱 바지를 보고 어머니는 겨울에도 속내의를 입지 않고 맨살에 저런 바지를 입고 다닌다고 놀라워했다. 리 이모는 결혼 후에도 길고 검은 속눈썹을 달고 다녔고 여름이면 청바지에 커다란 선글라스를 끼고 나타났다. 리 이모 가족은 어디서 돈이 그렇게 나오는지 모르지만 여력이 되지 않아도 꼭 승용차를 타고 다녔다. 그리고 그렇게 십 년도 되지 않아 남편의 투서 사건 이후 조금씩 망해 갔다.

월내역이 가까워지면서 열차 창밖으로 바다가 밀려들어 왔다. 열차는 월내역에 멈추지 않았고 스쳐 지나갈 뿐이다. 월내역의 오래전 역사를 보려던 문숙은 잠시 고개를 돌려 바닷가 쪽을 보았다. 열차를 타고 이곳에 내린 적이 있었던가. 월내역에는 뭐가 있었던가.

오래전 처음으로 동해 남부선 느린 열차를 타고 월내역을 지날 때 문숙은 열차가 바다 위를 가로질러 곡선을 그으며 달린다고 생각했다. 문숙 옆자리에 앉은 보랏빛 스웨터의 늙은 여자도 목을 빼고 바다가 보이는 오른쪽 창가를 바라보았다.

휴대폰이 울렸고 문숙은 M이 걸어온 전화임을 직감했다. 며칠 전 사진을 보내온 M은 어젯밤에도 전화해 왔다.

"지금 어디쯤이지? 일광은 훨씬 지났겠구나. 여행하기에 더없이 좋은 날이겠어."

M은 마치 옆자리에 앉아 있기라도 하듯 말했다. 일주일에 한 번 문숙이 어디로 가는지 M은 알고 있었으니까.

"월내역을 막 지났어."

"월내. 그때 기찻길 건너 바다로 간 적 있잖아. 바다와 제일 가까운 역이 월내역이야."

문숙은 M의 이야기를 들으며 옆자리 겨잣빛 재킷을 입은 늙은 여자가 창밖을 향해 손을 흔드는 것을 보았다. 문숙은 M이 다시 황 차장 이야기를 할 거라는 것을 예감했다.

"M. 우리가 언제 월내에 온 적 있지? 네가 잘못 알고 있는 거겠지. 그때가 언제였어?"

정말 월내마을에 온 적이 있단 말인가? M은 어떤 기억을 가지고 있기에 월내에서 내려 하루 묵었다고 얘기할까. 월내를 지나쳐 갔을 뿐 자신은 한 번도 월내를 가본 적이 없다고 문숙은 다시 말했다.

"어제 얘기하던 그 일 결국 내가 해결해야 할 것 같아. 마음 같으면 소송을 걸어야겠지만 조용히 만나서 진심 어린 사과의 말을 듣는 쪽으로. 네가 같이 얘기를 좀 해주면 좋으련만. 그런데, 그런데 문제가 생겼어. 어찌해야 할지 모르겠어."

전화기 너머 들리는 M의 목소리는 조금 흥분되어 있었는데, 문숙은 M의 목소리에서 자신에 대해 조금 서운해하는 것 같다고 느꼈다. 하필 너는 왜 이때 '많은 시간을 두고 다른 곳에 가 있는 거니?'라는 말을 하는 것 같았다. '한 번쯤 빠져도 되는 그곳으로 끝내 가야만 하는 거냐?'라는 M의 속내가 들려왔다.

M은 한 번씩 자신만의 기준으로 다른 이의 행동이 섭섭하다거나 신뢰가 없다거나 부당하다고 말해 오고는 했다. 어쩌면 M이 무엇을 말하고 싶어 이렇게 전화했는지를 이미 다 알고 있기에 문숙

은 그저 "응, 응." 하는 대답을 보냈다.

"그때 네가 월내 숙소에서 본 얼굴이 황 차장이라는 것을 말해 줄 수 있기를 바랐는데."

"그런데 그때 그가 뭘 했지?"

"그걸 몰라서 묻는 거니. 너도 알잖아. 내가 몇 번이나 얘기했잖아. 그런데 그때 아무도 내 말을 들어주지 않았잖아."

M이 전화기 너머에서 소리쳤다. 창가에 가득했던 바다가 순식간에 사라지고 월내역을 지나쳐 버리자 문숙은 어른거리는 빛 때문에 눈앞이 아득해진다고 M에게 말하고 싶었다. 열차가 터널에 들어가자 소음은 더 커졌다. 문숙은 M의 말을 잠깐 끊어 버리고 전화를 껐다.

M과 회사의 불화는 오래전부터 있어 왔기에 M은 오래전 황 차장의 뒷소문을 언젠가 다 알리고 말 거라고 그랬다. 지금까지 남아 있는 이는 M밖에 없다. 많은 이가 평균 사오 년을 근무하고 젊은 시절 떠났지만 M은 나이나 업무 여건의 불편에도 끝까지 남아 있다. 교재 개발팀에 있다가 직원들 사내 강사였다가 다른 지방의 신규 직원 관리팀으로 가는 등 M은 여러 일을 해냈다. 이제 M도 퇴직해야 할 때인 것이다. 그 사람을 아는 여직원들에게 일일이 묻고 따지면서 십 년도 더 된 이야기를 떠올려야 한다는 것이다. 이곳을 떠나간 문숙 또래 여직원들이 증언하려면 줄을 서야 할지도 모른다고 느껴졌다. 그랬다. 황 차장은 은밀하게 직장 내 성추행을 해 왔다. 문숙이 아는 한에서는 엘리베이터 안에서 슬쩍 건드리는 스

킨십과 술자리에서 더듬어 오던 손길이었다.

문숙은 M에게 다시 연락하자며 메시지를 보내자, 바로 답장이 왔다.

— 그런데 황 차장 지금 병이 깊다고 하네. 간암 투병 중이라고.

문숙은 바로 옆에 앉은 두 늙은 여자의 이야기를 듣고 있다가 M의 목소리도 저렇게 다가오는 것처럼 여겨졌다. 이제 병이 깊은 사람을 데려와 어떻게 사과를 받아 내야 하지? 어디까지 봐줘야 하는 건가? 문숙은 M의 답장을 멍하니 보고만 있었다.

"전에 한 번 경찰 조사를 받을 때도 기명이를 빼내 줬는데 이제는 종친들 누구도 안 받아 줄 거다. 순한 사람이 더 무섭다더니."

보랏빛 스웨터를 입은 여자는 겨잣빛 재킷의 여자가 반응이 없어지거나 조용하다 싶으면 고개를 돌려 이름을 불렀다. 겨잣빛 재킷의 늙은 여자는 어쩐지 그런 보랏빛 스웨터 여자의 기분을 알고 일부러 몰랐다는 듯 몇 번이고 되물어 주는 것 같았다. 도대체 그들은 어떤 관계일까. 친척일까. 어쩌면 묻지도 않고 뭔가를 어물어물하며 말을 끊어 버리는 말 없는 겨잣빛 재킷의 늙은 여자가 더 많이 기억하는지 모른다고 여겨졌다.

햇빛 방향이 바뀌었고 더 이상 그 자리에 빛은 머물지 않았다. 두 늙은 여자는 여전히 머리를 맞대며 이야기하고 있었다. 겨잣빛 재킷의 늙은 여자는 어깨가 좁고 뺨이 홀쭉했다. 그것보다 보랏빛 스웨터의 여자는 몸이 통통했고 화장을 잘 먹은 얼굴은 힘이 있어 보였다.

“우리가 탄원서를 쓴다 해도 어찌 될지 모른다. 우리가 쓴다는 게 탄원서인지 포기 각서인지 그것도 모른다. 기명이가 풀려나도록 해야겠나? 아니면 사람이 되도록 만들어야겠나?”

속삭이듯 보랏빛 스웨터의 늙은 여자가 말했다. 그리고 조금 뒤 그들은 잠들어 버렸다. 그들이 어디로 갈지 궁금했다. 그들을 따라 어디든 가고 싶었다. 문숙은 오늘 하루 그림 수업을 한 번 정도 빠져도 되리라 여겼다.

월내라는 이름은 달의 내부. 달의 안이라는 뜻인가. M의 전화가 다시 올 때도 문숙은 월내를 떠올렸다. M은 문숙과 함께 월내에 단합회를 갔다고 하지만 문숙은 그곳이 월내는 아니라고 여겼다. 그리고 사진에서 보여 준 곳은 바닷가를 낀 월내가 아니고 등산 모임이었을 거라고. 문숙은 M이 기억하는 것 중에 어떤 것은 자신의 기억과 다르다는 것을 알고 있다.

M은 최근에 황 차장을 병원에서 본 사람이 있다고 말해 왔다. 딱 마음을 정해서 황 차장에게 사과를 받으려 했는데 이렇게 투병 중이라고. 그럼 이제 어떻게 하냐고. 미운 마음을 걷어 내야겠지만 쉽게 그렇게 되지 않는다고 물어 왔다. M이 이삼 년 전부터 분노 조절장애 치료를 받고 있다는 것을 문숙은 알고 있다.

“아니. 지금 여기가 도대체 어디야?”

겨잣빛 재킷을 입은 목이 긴 늙은 여자가 깜빡 졸더니 벗었던 구두에 발을 급히 구겨 넣으며 바깥을 살폈다. "아직 아니야. 호계역은 아직 멀었어." 누군가 말했다.

"아이고 여기 남창시장에서 국수를 먹고 가면 좋을 건데."

"거긴 지나왔어. 여기 그냥 있어. 내가 말했잖아. 다 알아보고 나서 우리도 내릴 거라고."

두 늙은 여자는 다시 머리를 맞대고 선잠이 들었다. 문숙은 두 늙은 여자에게서 시선을 거두었다. 기억 속의 순간이 떠오른다. 고요한 숨결 속에 뜨듯한 물이 귓바퀴 안으로 밀려오듯이 졸고 있던 순간 빙글빙글 웃어대는 누군가가 문숙 뒷자리로 와 어깨를 더듬다 귓바퀴를 자근자근 만지기 시작했다. 갑자기 들어닥친 뜨듯하고 눅눅한 손가락에 불쾌해진 문숙이 소리를 질렀던가. 돌아본 황 차장은 웃음을 멈추었다. 그리고 그는 황급히 자리를 떴다. 어쩌다 혼자 남은 점심시간의 일이었다. 그리고 그 일은 그 후로 몇 번 이어졌다는 것을. 문숙이 직장을 일찍 그만둔 것도 어쩌면 이런 일 때문이기도 했을 것이다.

두 늙은 여자의 조용한 숨결이 열차 안을 잠재우는 것 같았다. 문숙은 M과 몇 번 통화를 하고 스쳐 지나가는 들판의 노란 유채꽃에 오래전 기억을 더듬었다.

문숙이 정작 열차에서 내린 곳은 호계역이었다. M의 전화를 받고 문자를 받고 그러다 문숙은 그만 태화강역을 지나쳐 버렸다. 호계역에서 내린다고 한 그 보랏빛 스웨터의 늙은 여자 일행 또한 어디로 가버렸는지 보이지 않았다. 문숙은 호계역 밖으로 걸어 나와 거리를 둘러봤다. 다시 되돌아가는 열차는 너무 늦게 오기에 태화 강역으로 가는 택시를 타려고 역을 빠져나왔다. 길거리 가로수조 차 삐딱하게 기울어져 있었다. 문숙은 호계역 앞 버스 정류소에서 버스 시간을 검색했다. 화실 강사에게 전화로 늦을 거라고 말해 야 했다. 한 번도 와본 적 없는 호계역이라는 곳에서 거리를 바라 보았다.

문숙은 한동안 거리에 서 있었다. 그러다 문숙은 황 차장이 지금 은 어떻게 되었는지 얼마나 병이 깊어 버렸는지 물어보지 않았다 는 생각이 들었다. 그럼 황 차장 병실에 누가 있을까? 그의 아내는 남편이 어떤 사람인지 알고나 있을까 싶었다. 병원에 있는 황 차장 은 절실히 살고 싶어 누군가를 향해 기도할 거라고 여겨졌다. 자 신이 살아온 인생의 모든 것을 돌아보며 그렇게 무어라고 신에 게 기도할까. 누구도 알 수 없을 것이다. 자기의 기도에 어떤 고백 을 할지.

아주 오래전 황 차장이 자신의 어린 아들을 데리고 와서 회사 주차장 어디쯤에서 문숙과 맞닥뜨린 일이 있었다. 그때 일곱 살 정 도에 순진하게 생긴 황 차장의 어린 아들은 장난감 헬리콥터를 들 고 있었다. 회사 부근 맥도널드에서 산 해피밀 선물 세트일 듯했 다. 이십 년 전 회사에서 공공연히 황 차장은 말하고는 했다. 자신 의 아버지가 너무 일찍 죽었기에 자신은 살아오기가 너무도 힘들 었다고. 자신은 오래오래 살아남아 아들을 지켜 주리라던 황 차장의 말이 떠올랐다. 능글거리며 눈웃음 띤 황 차장의 아들이라기에 그때 본 소년은 너무도 맑고 천진해 보였다.

아이는 어떻게 컸을까. 아이는 아버지 이름 안에서 유복한 소년 시절을 보냈을까. 그러자 문숙은 이름도 모르는 어린 남자아이들 이 얼마나 많은 길을 걸어 어른의 문에 도달할지 곰곰이 생각했다. 황 차장 또한 시간을 거슬러 오르면 제 아들만큼이나 천진한 아이 였을 것이다. 아버지 자리는 손가락으로 닦아 내고 거둬 내도 자국 이 뚜렷이 남을 테지. 황 차장 또한 어떤 이름으로 제 지난 시간을 문지르고 있을까 싶었다.

호계역 1번 출구 밖 가로수 아래 아직 생생한 햇빛이 부서지고 있었다. 되돌아갈 차를 기다리며 문숙은 문득 월내역에 한 번도 가 지 않았다는 것은 설령 그곳에서 지낸 하룻밤이 있다고 해도 자신 에게 어떤 의미도 없다는 것으로 되뇌었다. 어느 쪽으로 가야 태화 강역 쪽인지 몰랐고 택시 승강장도 보이지 않았다. 그러자 화실에 가려던 열정이 갑자기 없어져 버렸다. 벗겨 내고 탈색하고 희미하 게 지워 버리는 작업실인 그곳. 어쩌면 잘못 내린 이곳이야말로 일 상의 모든 익숙한 것을 벗겨 내고 지워 버리기 좋은 곳이 아닐까 싶었다.

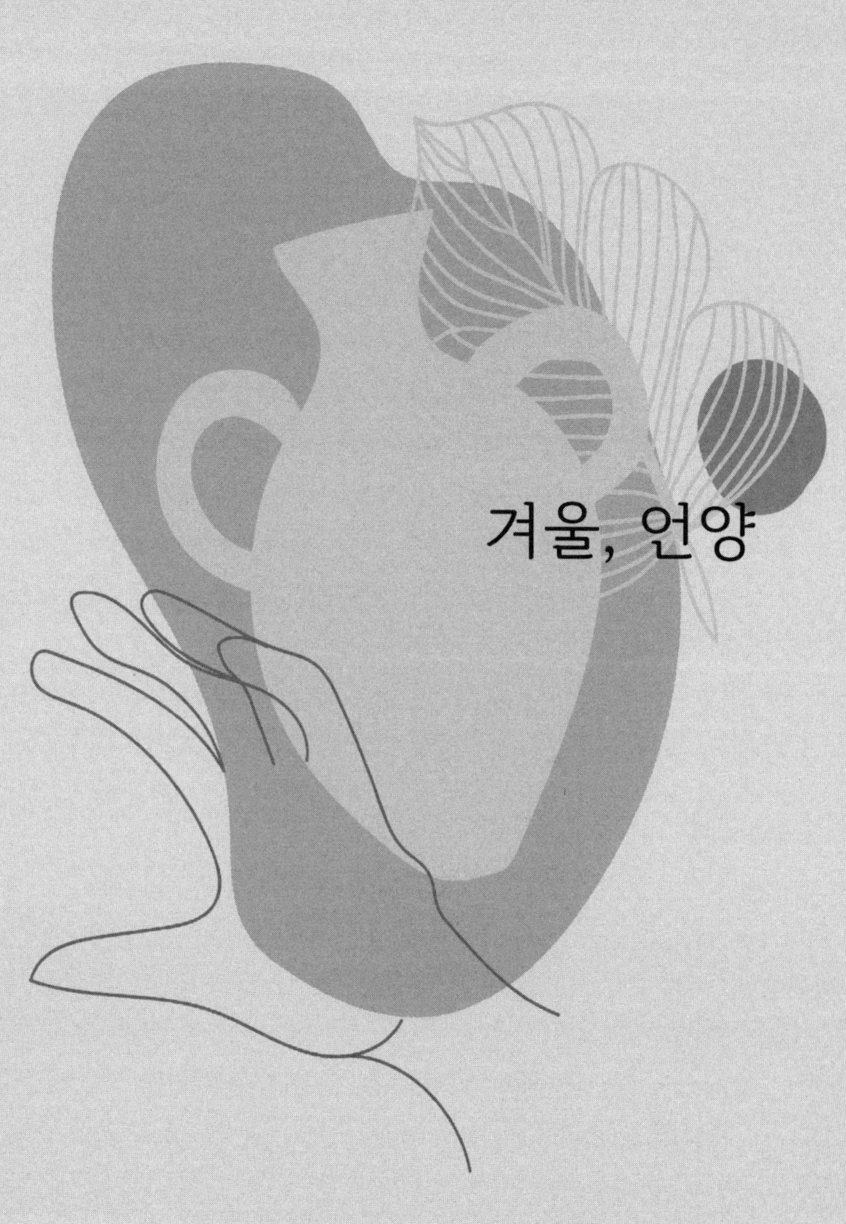

겨울, 언양

예약된 손님들은 가끔 늦기도 했다. 이십 분 정도 늦을 때면 그들은 전화해 왔다. 훈정은 몇 가지 음료와 후식을 준비해 두고 기다린다. 연락이 없는 그들은 왜 늦는 걸까. 가끔 조바심이 나기도 한다. 도로가 막히기도 하고, 서로의 약속이 어긋나기도 하고, 누군가에게 피치 못할 사고가 나기도 할 것이다. 문을 조금 열고 건물 밖 불을 일찍 밝혔다. 벚꽃이 피는 봄, 하지만 날씨는 싸늘하다.

냄비에 물이 끓어오르자 소금을 한 꼬집 넣었다. 물이 끓어오르는 것이 회오리치는 폭포 같기만 했다. 불의 세기를 줄였다. 아직 시작할 때가 아니었다. 식탁에 막 핀 벚꽃을 장식해 두었다. 미리 준비한 채소를 다듬어 두고 예약 손님이 오기 전, 시간을 조절해서 음식이 나갈 순서를 가늠한다. 물 끓어오르는 소리, 찬장 서랍 고리에 달린 전복 조개껍질 묶음들의 달그락거림, 달아 둔 후추와 계핏가루 통이 쨍그랑 튕겨 나가는 일. 열기와 냄새를 풍기고 있는 냄비 속의 재료들. 열기를 빼내기 위해 환풍기도 함께 돌아가고 있었다. 앞치마를 두른 지금의 모습. 이것을 얻기까지 훈정은 아주 힘든 과정을 돌아온 것이다. 어렵게 얻어 낸 가게와 일들. 적어도 이제 훈정은 더 이상 물러서지 않고 이 모든 것을 움켜쥐고 싶었다. 비빌 언덕이라고는 이제 이곳, 요리를 계속할 수 있는 작은 식당뿐이라고.

자리에 앉은 손님들은 여고 동창이었다. 그들은 아주 편안한 얼굴로 이제 막 예순이 된 기념을 위해 모였다고 했다. 늘 그렇듯 여러 명의 친구가 모였을 때 보이는 어떤 생의 평균적인 비율이 있었다. 그것은 비밀스럽고도 볼수록 또렷이 나타나는 생의 문장 같았다. 훈정은 그것을 생의 고전적인 무늬라고 말하고는 했다. 예순의 여고 동창 중 나이 들수록 여성스러워지고 부드러워지는 여자가 있는가 하면 나이 들수록 간결해지고 무성적인 느낌의 여자도 확연히 드러났다. 창가에 마련된 식탁에 앉은 다섯 명의 여자는 악기를 조율하는 단원들처럼 조금 소란스러웠다.

훈정은 차례대로 준비한 음식을 가지고 나간다. 깔끔하고 가장 좋은 그릇에 음식을 담으며 손님들의 목소리를 들었다. 여전히 훈정은 그 비율을 생각한다. 그것은 마치 음식 속에 들어 있는 적당한 물과 소금, 올리브유와 마늘과 레몬과 해산물과 후추의 양처럼.

예순의 인생을 이어 붙이고 있는 조각들의 배치를.

손님들은 그릇에 담긴 수프의 색이나 재료들에 관심이 있었다. 그들이 예약한 오 인분의 음식과 함께 미리 주문한 와인과 음악까지. 주방에서 훈정은 그들의 이야기를 듣는다. 귀에 담지 않지만 애써 노력하지 않아도 맡아지는 음식 냄새처럼 들려오는 소리. 그것을 듣는 것은 요리사이자 주인인 훈정의 특권이다. 여러 번 사진을 찍고 난 후 그들은 수다를 떨 것이다. 음식에 대한 품평도 있고, 어딘가 다른 곳에서 이 음식과 비슷한 맛을 느낀 것을 자랑하기도 한다. 그러다 보면 짜다거나 기름지다거나 달콤하다거나 깔끔하다는 평과 그 말을 하는 이들의 낮고도 개성적인 목소리가 들려오면 훈정은 목소리의 분위기로 사람을 가늠한다. 오늘 음식 준비는 그다지 늦지도 않았고 음식은 잘 세팅되었고 손님들은 아주 기분 좋은 맛을 느끼며 시간을 보내고 있다. 더없이 좋은 순간이다.

"동굴 속에 가봤어? 동굴 안에 자수정이 박혀 있다고 하더라구. 동굴 안으로 보트를 타고 들어갔는데 한참 보트가 달리다가 안내원이 물 위에서 갑자기 랜턴으로 한곳을 비추더군. 보라색으로 자수정이 여기저기 반짝거린다고 하던데, 나는 찾지도 못했어."

식탁 위 접시는 비워져 가고 누군가 어떤 동굴을 말하자 나머지 몇 명의 친구가 입을 모아 자수정이라며 소리를 높였다. 한편 자수정 동굴이 그렇게 관광지로 유명한지 모르겠다고, 아직도 그곳에 사람들이 가느냐며 그곳에는 싸구려 이미테이션 조각상들만 가득했다고 누군가는 대답했다.

"다음에 함께 언양에 가볼까. 자수정 동굴도 이름이 나 있지만 그곳보다 지금 작천정 계곡이 벚꽃으로 이름 나 있지."

훈정은 잠깐 스마트폰으로 자수정 동굴을 검색해 본다. 아직도 누군가는 자수정 동굴에 다녀왔다고 사진을 가득 담아 블로그에 글을 올리고 있었다. 자수정 동굴은 오래전 자수정을 캐던 곳이었다가 이후 폐광지가 되었고 그곳을 오래전부터 동굴 공원으로 이용하고 있다고 올려놓았다. 동굴 속에서, 필리핀에서 온 서커스단이 토요일 오후 세 번의 공연을 갖는다고 했다. 하지만 코로나로 이제 동굴 속 서커스는 취소되었다고 적혀 있었다.

"동굴 속은 생각보다 무척 깊어. 길이 여러 갈래 나 있지. 성류굴이나 만장굴처럼 이름난 곳이 아니라도 동굴 내부에 그토록 깊은 호수가 있다니 놀라워. 외국에 많이 다녀 봤지만 우리나라에도 오래된 볼거리가 많아."

훈정은 마지막으로 나갈 후식을 챙겨 두었다. 바지런히 움직이며 서빙을 도와주는 파트타임 직원이 재빨리 접시에 홍시 셔벗을 담아 나갔다. 예순의 동창생들은 어쩐지 훈정의 고향 친척 언니들 같았다. 너덧 명의 여자가 예순의 나이에 이르면 그중 한 명 정도는 이혼한 이가 있고 또 비혼의 여자도 있고, 그리고 여든이 넘은 노모와 사는 이도 있다. 손자를 둔 이가 있기도 했고, 또 최근 암 수술을 받은 이도 있다. 그러기에 그들의 대화는 일관성이 없기도 했다. 누군가 영화 이야기를 하면 누군가는 수술 후유증에 대해, 그리고 누군가는 스페인 여행을 다녀온 이야기를 했고 다른 이는 기구 필라테스로 살을 빼는 일에 대해 말했다. 그런데 오늘 이들은 자수정 동굴 속의 호수에 대해, 지금은 아무도 찾지 않을 것 같은 오래된 동굴에 관해 이야기하고 있었다.

이야기를 듣던 훈정은 오랜만에 자수정 동굴을, 아니 작천정으로 걸어가던 길목을 떠올렸다. 훈정은 마지막으로 커피를 준비해 테이블로 건넸다.

"음식이 맛이 있어요. 우리는 이번에 모두 예순이 되었어요. 이 친구만 십일월생으로 아직 예순이 안 된 어린 친구랍니다."

커피를 마시던 손님들은 훈정을 보며 친근하게 웃었다. 그들은 그럼에도 모두 자신의 나이가 아직 예순이 되지 않은 것 같다며 말하고 있었다.

훈정은 지인을 통해 소개받은 손님들에게 최선을 다했다. 이런 입소문으로 작은 식당이 운영되었기에 훈정은 늘 조바심이 났다. 그럼에도 훈정은 미소로 고개를 끄덕였다. 지난 이야기를 편하게 할 수 있는 예순의 나이는 쉽게 얻어지는 게 아니라는 생각이 들었다.

훈정에게도 언양과 작천정의 기억이 있었다. 이제 와 누군가에게 말한다면 "그때 니가 그랬었니?"라고 되물을 아주 오래전 일. 겨울날 언양을 떠올려 보면 너무 추웠다고만 기억되었다. 하늘은 또 얼마나 푸르고 차가운 빛으로 반짝이던지. 빠르게 흘러가던 하루의 기억 속에 특이한 이름의 작천정을 직접 보고 살짝 실망한 기억도 났다.

온천장에서 떠나는 시외버스를 타고 언양터미널에서 내렸을 때 터미널 부근 혼잡한 상점들 사이로 어디서나 찬바람이 불어왔다. 점심때가 되었고 약속한 오후 시간을 맞추기 위해 그사이 어딘가 국밥집을 찾아보려고 이곳저곳 배회했다. 아는 곳이 없는지라 배회한다는 말밖에 할 수 없었다. 그날 언양 취재 여행에 함께 와야 할 대학 신문사 선배는 나타나지 않았고 버스를 탄 사람은 연일과 훈정 단 두 명뿐이었다. 여행 전날, '양'의 기운 운운하며 언양에 대해 썰을 늘어놓던 선배는 연락이 닿지 않았다. 훈정은 스웨터를 목까지 끌어올렸고 머플러로 칭칭 감아 모직 코트 위를 여몄다. 이런 추위인데 선배는 언양의 미나리꽝을 이야기하다니 싫었다. 훈정은 언양의 바람도, 언양의 햇살도, 산들도 냄새만큼이나 낯설었다. 연일도 마찬가지였다. 추워서 몸을 옹송그리고 등을 굽혀 걸어 다녔다. 연일은 겨울에는 더 추워 보이는 낯빛이었다.

시골 마을의 부산스러움 속에서 언양터미널에 늘어선 음식점과 약국, 잡화를 파는 상점의 간판들을 유심히 살피고 다녔다. 해장국을 파는 식당들이 늘어선 가게 출입구에는 어디라도 뿌연 김이 솟구치고 있었다. 바람에 흩뿌려지던 뽀얀 국밥집의 음식 냄새에는 고기와 파 향이 들어 있었다. 군데군데 칠이 벗겨진 시장 건물 내 버려진 의자들과 가게 문 옆에 쌓여 있는 플라스틱 화분은 건물 내 어느 곳이라도 똑같았다. 스물둘이란 나이의 훈정이 바라보는 스산한 겨울 풍경은 지금도 한 겹 유리창 너머의 물컹하고 기이한 물기 어린 풍경으로 남아 있다. 누가 뭐라 한 것도 아니지만 훈정은 자신이 낯선 겨울의 터미널, 미로에서 빠져나오지 못하고 걷고 있는 것 같기만 했다. 이곳이 미나리꽝으로 이름이 난 것도 잘 알지 못했다.

언양은 연일에게도 훈정에게도 처음이었다. 훈정의 손에는 작은 선물 꾸러미 하나가 들려 있었는데 그날 취재 때 만날 대담자에게 전할 선물이었다. 들고 다니기에 번거롭기도 했다. 언양에 도착한 훈정이 근처 화원에서 산 히아신스 알뿌리였다.

점심을 먹고 난 뒤 훈정은 연일과 시장의 곳곳을 걸어 다니며 구경했다. 이제 무엇을 할까. 헛도는 바퀴처럼 시간을 지체하고 있었고 연일은 뭔가 제대로 할 일을 하지 않아서인지 초조해 보였다. 연일과 훈정이 만나기로 한 사람이 운영하는 찻집을 찾을 수가 없었기 때문이었다.

연일은 훈정보다 한 해 뒤에 대학 신문사에 들어왔다. 훈정과 같은 이 학년이지만 나이는 한 살 많았다. 연일은 말수가 많지 않았는데 언제나 선배가 가운데 끼어 있어 늘 이야기를 주도하고 다른 이들이 말할 틈도 없이 떠들던 탓도 있었다. 훈정은 연일이 조심스러운 반면 어쩌면 깊고 신중한 사람인지도 모른다고 생각해 왔다. 연일이 대학 신문사에 기자로 왔을 때 훈정은 자신과 닮은 한 사람이 온 듯 여겨졌다. 자주 만날 수는 없었지만 만나면 이미 그가 어떤 생각을 하고 있는지 알 만한 사람.

선배는 대담자가 차에 관한 책을 내기도 한, 언양에서 다인으로 알려진 인물이라고 여러 번 말했다. 만나서 차에 대한 그분의 열정

만을, 아니 혼란한 시대에 젊은 학생들에게 주는 이야기를 기사로 쓰면 될 거라고 여러 번 말했다.

"어떻게 그분을 알게 된 거야? 선배가 그냥 무작정 연락드린 건가? 대학 신문에 실릴 기사라는 걸 알고 있는 거지?"

훈정은 그동안 여러 번 차에 관한 기획물을 실으려고 해온 연일과 선배의 고집스러움을 알고 있었다. 기획 의도가 궁금하기도 했지만 이미 지도 교수와도 이야기가 끝난 일이었다. 그런데 연락이 되어 있다는 이의 찻집을 훈정과 연일은 한참이나 찾아다녔지만 아무리 찾아도 보이지 않았다. 여기저기 간 곳을 또 가고 또 길을 물었다. 선배와는 전화가 닿지 않았다.

언양을 간다면 작천정을 보고 와야 한다고 한 사람도 선배였다. 언양은 물이 좋잖아, 라며. 신문사 편집장으로 또 다른 활동도 해온 탓인지 그는 어느 자리에서나 보고 들었던 이야기를 풀어놓았다. 간월산에서 흘러 내려온 물이 언양으로 흘러간다고. 언양의 물은 겨울에도 얼지 않고 미나리를 키워 낸다고 아는 척 그랬다.

초록 풀, 마치 잊었던 어떤 풀을 찾아낸 듯 훈정은 언양을 기억했다. 대학에 입학한 뒤 대학교 신문사에서 활동을 해왔기에 훈정의 주위에는 이래저래 할 말 많은 사람이 그득했다. 누군가 훈정에게 신문사에 왜 들어왔냐고 물었을 때 뭐라고 했던가. 찾는 것을 좀 빨리 찾을 수 있을 것 같다고 했던가. 훈정은 잃어버린 분실물들이 신문사나 방송국으로 돌아온다고 둘러댔다. 여자애가 뭘 찾으려고? 신입생 면접 때 룸에 모인 선배며 친구들이 웃어댔다. 그들은 따뜻하기도 했고 열정적이기도 했지만 가끔 오직 남자인 자신들만이 제대로 된 인생을 살고 있는 것처럼 큰소리치기도 했다.

훈정은 언양이라는 곳은 겨울에도 미나리가 초록빛으로 파르르 떨리는 양의 땅이라고, 그래서 언양이라 말하는 것을 들었다. 선배는 어디서 들었는지 우리나라의 지명에 '양' 자가 들어가는 것은 땅의 기운이 승하고 밝은 거라고 그랬다.

"봐봐, 양양. 안양, 광양, 온양이 있잖아."

"함양, 밀양, 영양, 언양도 있지." 퀴즈 풀 듯이 누군가 딱 맞게 대답했다.

그날 내내 언양터미널 부근의 상가에서 수소문하던 연일은 훈정을 향해 말했다.

"우리는 잘못 왔어. 여기에. 우리는 다른 곳으로 가야 하는데, 이곳으로 잘못 왔다고."

그곳이 어딘지 대담자의 주소는 이미 오래전에 바뀌었는지 모른다고. 선배는 그것을 모른 채 언양에만 가면 될 거라고 했다. 그렇구나. 누군가 떠밀 듯 보내 버린 어리숙한 두 사람이 훈정과 연일이었다.

훈정은 연일에게 언양을 떠나기 전 작천정에 가보자고 했다. 우리가 잘못 온 것이 아니라 어쩌면 작천정을 보러 온 것일 수 있다고. 연일은 그런가, 하며 희미하게 웃었다. 작천정으로 가는 길가에는 오래된 아름드리 벚나무들이 줄지어 있었다. 겨울 오후의 짧은 햇살 사이로 나무들이 늘어뜨린 그림자가 계속 이어지는 긴 길이었다. 지나가는 이에게 길을 물어서 그들이 알려 주는 대로 걸었다. 그래서 어디서부터가 작천정으로 이어진 길인지, 걷는 내내 알지 못했다. 언양이란 지명과 함께 희미한 연일의 그림자가 함께 떠올라왔다.

훈정은 올리브 오일과 버터와 말린 월계수 잎. 찬장에 차곡차곡 놓여 있는 향신료와 양념들을 정리한다. 벽을 울리는 낮은 음악 소리와 식탁에 놓여 있는 식기와 스푼 등. 훈정이 이곳 아파트의 상가에 마련한 요리 실습실 겸 작은 식당은 요일별로 요리를 배우는 회원들이 자주 찾아오고는 했다. 주로 결혼 후 간편한 일품 요리를 제대로 배우고 싶은 젊은 여자들이 서너 명 오기도 했고, 가끔 나이 지긋한 장년의 남자들도 원데이 클래스로 배우러 오기도 했다.

시간이 날 때면 훈정은 그날 수강생과 함께 만든 요리들을 사진 찍어 올렸다. 또 새로운 메뉴를 만들기도 하고 재료들에 대한 사진을 찍어 두기도 했다.

물소리와 냄비에서 기름이 끓어오르는 소리. 다지고 두드리는 도마의 소리. 한때 훈정은 주방인 이곳이 뜨겁게 부딪히는 곳이라 여겼다. 기름과 물이 불을 만나 서로 나직하게 끓어오르며 내는 소리. 훈정은 어머니의 식당을 함께 거들며 지냈다. 먹고 사는 것에 처음 두려움을 가져 보았다. 누군가 식당을 찾아 주지 않을지도 모른다는 걱정으로 잠을 설치는 때도 있었다. 그런 다음 날은 쉼 없이 몸을 움직였다.

훈정은 다섯 명의 손님의 이야기를 잔잔히 흘려듣는다. 식당에 온 낯선 손님들은 얼마쯤 지나면 훈정에게는 익숙한 집안의 친척 같아졌다. 어린 시절 집으로 놀러 오던 친척들. 어머니는 그들을 위해 하루 식당을 쉬면서 특급 요리를 내놓고는 했다. 제사를 지내거나 누군가 친척의 모임이 있으면 음식으로 보답했다. 훈정은 어머니가 음식을 만들며 식당에 있는 동안은 아무런 걱정도 흔들림도 없다는 것을 알았다. 사람들은 음식 앞에서 부드러워지고 단순해지고 이내 웃어 버렸다. 어머니는 힘들 때 더 자주 요리를 했다.

훈정의 어머니가 늘 아쉽다고 말하던 것처럼 훈정은 모든 일들에 실패하고 난 뒤에 요리를 하게 되었다. 어릴 때부터 식당을 하던 어머니의 곁에서 국자와 도마와 칼을 가지고 썰고 다듬으며 음식을 만들었다. 어머니가 하던 식당에서 밀가루와 쌀가루와 설탕과 소금을 구별하며 물과 밀가루와 소금과 설탕과 계핏가루를 가지고 솥에 찐 찐빵을 만들기도 했다.

"너는 손은 느려도 맛을 아네."

중학교 때 훈정은 처음으로 돼지고기고추장찌개를 만들어 보았는데 요리를 먹어 본 식구들은 훈정을 격려했다. 어머니는 자신을 닮은 훈정의 요리 솜씨를 자랑스럽게 바라보았다. 정작 그날 훈정은 집에서 보던 일간신문에 실린 요리 연구가의 레시피를 오려 내 꼼꼼히 보고 요리한 것이었다. 훈정은 그 찌개를 만들기 위한 재료를 사러 혼자 동네 시장을 다녀왔다. 그것이 무엇이었던가. 이름도 생소한 풀. 돼지고기 요리에 들어갈 그 풀. 허브의 한 종류라는데 알지 못하는 것이었다. 나중에는 이름조차 헛갈려 버렸다. 시장 안의 채소 가게에는 훈정이 둘러보아도 상추와 깻잎, 가지와 오이, 고추 등 흔한 채소가 즐비했을 뿐, 아무리 둘러보아도 찾을 수 없었다. 어쩌면 그때 작은 동네 시장에서 살 수 없는 것인지도 모른다. 돼지고기와 고추장과 양파와 마늘, 생강 그리고 적당한 물과 다시마. 설탕과 소금. 그렇게 만든 고추장찌개. 하지만 그 향신료가 없어도 돼지고기고추장찌개는 그런대로 냄비 속에서 맛있게 익어 갔다.

어머니도 모르는 풀이 있다니. 어머니가 알지 못하는 영역이 있다는 것이 이상했다. 요리 연구가가 아닌 어머니의 식당에서 일하는 이모들. 훈정은 어머니가 하는 식당의 평범함이 아쉬웠다. 그러니 아무것도 아닌 그 풀이, 어머니조차 이름을 모르겠다는 그 풀이 오래도록 궁금했다.

훈정의 어머니는 자신이 커다란 방앗간 집의 딸이었음을 늘 이야기했다. 자부심이랄까, 손에 쥐어 본 적도 없이 사라진 어떤 비싼 보석에 관해 이야기하듯, 곡식을 빻거나 떡을 만들던 일을 자주 이야기했다. 하지만 훈정은 그 이야기에 많은 왜곡이 있음을 알고 있었다. 부유한 어머니가 가난한 아버지를 만나 고생한 이야기가 방앗간 다음으로 이어질 내용이라면 어머니는 언제나 방앗간 안에서만 머물고 싶은지도 모른다. 이야기 속에 방앗간은 끊임없이 소리 내며 돌아갔다. 마을에서 지붕이 높은 집. 방앗간 기계 속에서 곡물들이 갈려 나가던 소리와 높은 천장을 가로지르며 이어져 움직이는 수동 벨트가 몽롱하게 떠오른다. 적어도 결혼 전까지 어머니는 시골 부농의 딸이었고 든든한 아버지를 가진 맏딸이었다.

"명절에는 아침에 기계를 돌리기 시작하면 밤이 되어서야 멈추었어." 쌀이 그리 귀했다고 해도 다양한 떡을 해 먹는 사람은 그때도 있었다. 훈정의 상상 속, 방앗간을 돌아가게 하는 거대한 동력 벨트는 쉼 없이 돌아갔다. 방앗간 내부는 증기로 뿌옇게 앞이 보이지 않는다. 운홍리 방앗간 집. 겨울철이면 떡가루보다 더 많은 눈이 오던 지역이었다. 떡 위에 검은깨로 '복' 자를 새겨 가며 팔던 시간 속에 머물고 싶은 어머니가 만든 풍경이었다. 그런데 복이라는 게 아무리 넘칠 듯한 복도 끝이 있어. 그러니 자꾸 복을 만들어 나가야지. 좋은 것은 그냥 주어지지 않아. 식당을 떠나 이제 어머니는 요양 병원에서 기억 속 방앗간의 세계로 빠져 버렸다.

요양 병원에서 한 번씩 전화가 걸려 오고 훈정은 가끔 어머니의 하소연을 들었다. 훈정이 생각해 보니 어머니는 살면서 좋은 인연을 만난 적이 별로 없었다. 그건 마음에 들어 하던 사위에 대한 배신감도 한몫했다. "이제 네가 하는 음식을 먹어 봐야겠구나." 통풍과 함께 어머니의 노쇠는 시작되었고 훈정은 이후 어머니의 식당을 물려받았다.

훈정은 그날 연일과 함께 작천정 계곡 아래까지 갔다. 훈정은 대학 신문에 게재할 '풍경과 사람'이라는 포토 에세이를 위해 사진이 필요했기에 햇빛이 있는 동안 사진을 찍었다. 작천정과 화강암 계곡의 유선형 반석들. 피어오르는 연기와 터미널 부근의 사람들. 터미널 상가와 낡고 누추한 가게의 문 앞에서 웅크리고 앉아 있던 고양이와 아이들. 그리고 뿌연 김 속에 국밥을 푸고 있던 음식점 여주인들까지. 훈정의 사진 찍는 모습을 본 몇몇 시장 사람은 언양만큼 살기 좋은 곳이 없노라고 말했다. 훈정은 메모지에 몇몇 사람들의 인터뷰 기사를 적어 두었다.

훈정도 낡고 작은 카메라를 들고 따라나섰다. 학교 앞 현상소에서 약간의 돈을 주고 빌려온 카메라였다. 대학 신문사의 기자로 있었던 훈정은 당시에는 어딘가로 여행을 갈 때면 카메라가 없다는 것이 불안했다. 훈정은 학교 앞 현상소로 갔다. 자주 필름을 맡기던 학교 앞 현상소의 사장은 훈정에게 이 정도면 제대로 찍을 수 있을 거라며 카메라 한 대를 대여해 주었다. 계곡의 오후 햇살이 더욱 춥게 느껴졌다. 작천정 아래 흙바닥에는 누군가 모닥불을 피운 흔적이 있었다. 쓰레기랄 것 없이 버려진 종이컵이나 버려진 나일론 끈들. 가을날 물길에 쓸려 왔다가 그대로 방치된 나무토막과 부스러진 플라스틱 조각들. 이름도 기억나지 않는 어느 다방의 이름이 적힌 성냥갑. 작괘천의 계곡물은 겨울이라 거의 말라 있었기에 한여름에 저 움푹 파인 바위 웅덩이로 물이 쏟아져 간다는 것을 상상할 수 없었다. 연일이 큰소리로 웃으며 행복해하는 모습만큼이나 어색하고 낯선 모습이었다. 더구나 작천정이라는 이름의 정자는 그야말로 계곡의 한중간에 을씨년스럽게 서 있었다. 누각의

132

색칠도 많이 벗겨지고 초라해 보였다.

추운 날씨라 연일과 훈정도 누군가 불을 피운 자리에 다시 마른 나무 조각을 긁어모아 불을 피웠다. 연일은 술을 조금 마셨고 훈정은 피워 놓은 모닥불에 장갑 긴 손을 데웠다. 돌아갈 차편이 언제일지 혹시 끊어질까 걱정되었다. 긴 작천정 길을 다시 걸어 나가야만 터미널에 갈 수 있었다. 겨울 짧은 저녁 해 아래 싸늘한 바람이 불어오고 연일은 잠깐만, 이라며 시간을 끌고 있었다. 연일의 두툼하지만 어딘가 질이 나쁜 천으로 만든 듯한 외투에서 불 냄새가 났다. 훈정은 카메라로 바닥의 흙과 기울어진 화강암 돌에 놓인 연일의 인조 가죽 가방, 어딘가 서성대며 갈 곳을 잃은 연일의 초록색 낡은 신발을, 그리고 버스의 정류장 기둥에 기댄 시외버스 운행표를 계속 찍었다. 카메라 속에 겨울의 흰 구름이, 모닥불이 있었다. 카메라 속에서 훈정은 연일을 바라보았다.

"사실은 내가 찾는 사람이 있었거든. 그래서 너랑 이곳에 더 오고 싶었어."

연일은 중얼거렸다. 그 사람이 누구냐고 물어봐야겠지만 훈정은 그냥 연일의 다음 말을 기다렸다. 하루 종일 언양터미널에서 누군가를 찾아다니다가 작천정까지 걸어온 연일과 훈정은 마치 어디선가 버림받은 사람들처럼 이곳에 잘못 내려진 기분이 들었다.

"그런데 여기 잘못 알고 온 것이 맞아."

우리가 대담자를 잘못 안 것처럼, 너도 그런 거냐고 훈정은 연일에게 물었다. 연일은 어쩌면 대담자와 혼동을 하고 있는지 모른다고 느껴졌다.

"어머니가 이곳 어딘가에서 찻집을 한다고 들었어. 그래서 더욱 이곳에 오고 취재를 겸해 찾으려고 선배를 졸랐어. 어머니는 오래전에 아버지와 헤어졌지."

연일은 어린아이였을 때 어머니가 아버지와 헤어졌다고, 어머니 얼굴도 목소리도 기억하지만 특별히 기억나는 일은 없다고 했다. 이곳 어딘가에 작은 찻집을 하면서 지낸다고 들었다 했다.

연일은 아버지가 재혼하지도 않았고 결혼하지 않은 고모와 함께 지냈다고 이야기했다. 연일의 아버지는 어머니가 바람을 피운 것, 자신을 거부한 것에 대해 아주 오래도록 집요하게 매몰되어 있다고. 그래서인지 이혼 이후 어떤 여자와도 만나지 않았다고 말했다.

"그래선지 우리 집은 좀 가학적이야. 매를 많이 맞았지."

"그럼 어머니는 어떻게 지내는지 알고 있었어?"

연일은 찬 기운이 도는 바위 위에 드러누웠다. 연일은 제가 하는 말에 도취한 듯했다.

"어머니가 원한 이혼이라는 걸 이제야 알았거든. 바람을 피운 것도 아니고, 그저 자신을 놔달라는 것이라면 그게 어떤 이유인지. 자식을 두고도 그럴 수 있는지 내가 더 궁금해져서. 한마디 이야기라도 듣고 싶어서, 그러다 우연히 이곳 어딘가에서 지낸다고 들었어. 계속 찻집을 찾았지. 아니면 아는 사람이라도 있나 해서. 그렇게."

이후 훈정은 그날 연일이 어떻게 그렇게 말을 많이 하는 사람인지, 그리고 자기에게 털어놓는 이야기들이 과연 진실인지 궁금하기도 했다. 더 이야기를 들어야 하는가 싶을 때 이야기를 듣는 만큼 비밀을 함께 지켜 줘야 한다는 무거움도 느껴졌다. 무거운 이야기는 듣는 이마저 무겁게 하지. 연일은 물에 빠진 사람 같기도 했으니까. 어떻게 터미널까지 걸어왔고 그럼에도 부산으로 오는 차를 놓친 채 인근 하숙집에서 하룻밤을 보냈는지, 정말 그런 일련의 일들이 실제 있었는지 많은 시간이 흐르고 그 일은 희미하게 여겨졌다.

오랜 시간이 지나 가끔 훈정은 살얼음이 언 작천정의 계곡에서 물에 떠내려가던 한 남자를 물끄러미 바라보고만 있는 꿈을 꾸고는 했다. 물고기처럼 빠끔거리며 뭐라고 소리치는 남자는 검은 양복을 입었고 물속에 잠겨서 반쯤 얼굴을 드러낸 채 물고기가 되어 헤엄쳐 가버렸다. 꿈이지만 그렇게 빠르게 사라질 줄 아무도 몰랐다는 듯 달음박질쳐서 훈정은 물살을 따라 달린다. 물고기 같은 남자는 검은 양복을 입은 채 물속으로 영영 잠겨 들었을 것이다. 검은 양복의 남자는 연일이었고 어쩐지 훈정을 원망하는 듯했다.

훈정이 연일과 거의 만나지 않은 것은 그렇게 작천정을 다녀오고 나서부터였다. 연일은 몇 달 뒤 군대에 갔고, 그날 작천정에서 서로 어떤 감정이었던가에 대해 훈정은 이후 이야기도 나누지 않았다. 연일이 간 군대는 아주 강원도 먼 곳이었고 단 한 번도 훈정에게 편지는 오지 않았다. 가끔 훈정은 연일의 어머니가 정말 언양의 버스터미널 부근에서 작설차와 우전을 파는 찻집을 하고 있을 것이라고 상상했다. 그리고 언젠가는 연일이 어머니와 만날 수도 있을 거라고 여기면서.

이후 후지필름에 인화된 서른두 장의 사진을 현상할 때 훈정은 제대로 된 한 장의 사진도 건질 수 없었다. 학교 앞 현상소에서 빌린 수동 야시카 카메라는 너무 낡아서인지 제대로 작동하지 않았고 어떤 풍경에는 빛이 제대로 스며들지 않았다. 간혹 타버리거나 형체가 휘어진 희미한 유령의 흔적 같은 사진 몇 장이 남았다. 시간에 묻힌 것들이었다. 훈정은 연일 없이 다시 그곳을 가서 사진을 찍어야 하는지를 고민했다. 터미널의 단순하지만 한없이 미로 같던 길들의 끝에 작천정이 연결되어 있었다. 사진에는 나타나지 않았던 길들이 되살아났다.

선배는 왜 취재하지 못했는지, 미안해선지 묻지도 않았다. 없었던 일처럼. 훈정도 왜 선배가 그날 나타나지 않았는지 묻지 않았다. 그 취재 건은 다른 필진의 글로 메워졌다. 선배가 말하던 다인은 이미 다른 곳으로 작업실을 옮겼다고 했다. 훈정은 현상된 흐릿한 사진 한 장의 뒷면에다가 '누군가의 실수를 미처 알지 못한 채 우리는 잘못 도착한 곳에서 길을 헤매고 있었다.'라고 적었다.

연일이 군대에 가고 난 이후 선배는 짓궂게 훈정에게 말했다. "그때 별일 없었어? 볼 것도 없는 작천정엘 왜 갔어? 잘못 간 거야? 무지개 폭포 쪽으로 가보지 그랬어? 거기가 훨씬 좋은데. 연일이는 그 후로 연락 없어? 군대 갈 때도 내게 말도 안 하고 가버렸어."라고 했다. 선배는 자신의 실수를 미안해하지도 않았다.

이후 훈정은 언양을 떠올리면 터미널 부근 작은 여관방에 벗어둔 둘의 신발과 알 수 없는 불안에 창가에 서서 바라본 어두운 밤 풍경이 한 번씩 떠올랐다. 검은 산의 실루엣과 잠들지 못한 채 바라보던 버스터미널의 불빛이 사위어 가던 밤을.

〈너는 언양이 작은 시골 소읍 같다고 말했지. 하지만 내게는 모든 곳이 미로같이 여겨졌어. 상가들이 모인 언양터미널과 길목을 헛수고처럼 돌게 했구나. 그날 나는 찻집을, 정확히 차를 만드는 누군가를 찾아다니고 있었다. 우리가 만나야 할 대담자가 아니라 나의 어머니를 찾아서. 왜 하필 그날 그랬을까 싶지만 아마도 네가 내 옆에 있어서일지 모른다. 그때 몰랐고 이제야 말하지만, 어머니는 찻집을 하시는 게 아니었어. 아마도 그렇게 알려졌으면 했을지도 모르지. 인근 절에 인접한 곳에 살며 절 살림을 맡고 있었다고 하는군. 그러니까 절에서 일하고 있었고 이후로도 나는 만나지도 못했고. 그날 나는 잘못 찾아간 것 같아. 그래도 네가 옆에 있어 줘서 나는 그곳에서 빠져나올 수 있었어. 내내 앞으로 고맙게 여기겠어. 다음에 만날 수 없을지라도, 너를 좋아했던 마음도 함께.〉

그때 손에 들고 다니던 알뿌리는 어디에서 잃어버렸나.

오랜 시간 뒤에 훈정은 어머니의 집에서 연일의 편지를 발견했다. 군대에서 보내온 편지와 또 다른 편지를 어머니가 훈정에게 전해 주지 않은 것이었다. 어쩌면 훈정이 마산으로 가서 일 년간 계약직으로 임시 교사를 하고 있을 즈음일 것이다. 그때 어머니에게 무엇보다 훈정의 결혼과 안정된 삶이, 가난하지 않은 남자와의 만남이 가장 중요한 일이었으니까.

훈정이 편지를 받아 보게 되었을 때는 이미 결혼한 이후였다. 훈정은 친구를 통해 연일이 시인이 되었다는 것을, 더구나 오랜 시간 동안 차와 관련된 일을 해왔다는 것도 알게 되었다. 하지만 그즈음 훈정은 다른 일에 신경을 쓸 틈이 없었다. 어머니의 병환이 깊어졌고, 남편과의 이혼은 오래 끌고 있었다.

오래전 편지는 어머니의 방 안에서 발견되었는데 훈정은 편지 봉투에 적힌 연일이라는 이름이 낯설어서 한참 바라보았다. 오래전 훈정에게 보낸 편지를 정작 이십 년이나 늦게 열어 본 것이라는 것을. 훈정이 소리 죽여 운 것은 그즈음 어머니의 상태가 좋지 않아서이기도 했고, 편지 어딘가에 있는 젊은 날의 기억 때문이기도 했다.

편지는 처음부터 훈정에게 도달하지 못할 것을 알고 있듯이 쓰였다. 훈정이 어머니의 요양 병원 수속을 밟은 후 편지를 다시 보았다. 물속으로 가라앉고 있는 사람이 물속에서 보내온 것 같은 글들 같았다. 만약 결혼 전 어머니가 훈정에게 편지를 전달했다면 어땠을까? 그랬더라면 훈정은 지금은 이혼한 남편과의 결혼을 그대로 진행했을 것인가.

어느 날 아무런 일이 없는 듯 혼자 커피숍의 테이블에 앉아 편지를 꼼꼼히 읽었다. 보내지 못하는 답장을 썼다. 오후의 여름날 햇살이 창밖에서 펼쳐졌고 자동차는 달리고 있고 창가를 스쳐 가는 사람들은 제 갈 길로 걸어 다녔다. 답장을 쓰는 내내 훈정은 연일이 아무도 알지 못하는 풀 같다는 생각이 들었다. 누구에게도 이름조차 알려지지 않았던 풀. 아무도 모르게 함께 밤을 보냈던 겨울, 언양에서의 일들이 마치 아무도 모르는 풀처럼 남았다.

연일이 보낸 편지는 역시 훈정의 정해진 삶의 수순을 바꿔 버릴 수는 없었을 것이다. 다시 그때로 돌아간다 해도 연일의 어려운 가정사가 주는 답답함과 연일의 불투명한 미래를 두려워했을 것이다. 군대를 다녀온 연일은 복학했을 것이고 훈정이 학교를 떠나고 난 뒤에라도 어쩌면 다시 몇 명의 여자 후배들과 작천정을 다녀왔으리라. 이후에도 연일은 수없이 많은 이유로 작천정 계곡을 맴돌았겠지. 훈정은 그런 생각을 했다. 어쩌면 자신이 아니라도 연일은 누군가와 함께 언양터미널에 갔을 것이고 누군가에게 자신의 어머니에 관한 이야기와 찻집을 이야기했을 것이라고.

훈정은 졸업 후 몇 번의 임시 교사를 거치다가 끝내 포기했고 마치 물살에 휩쓸리는 부유물처럼 적당한 결혼을 선택하고 말았다. 뭔가를 찾겠다고 한 대학 시절의 조급했던 꿈은 모든 것이 사라지고 나서야 조금씩 나타나게 되었다는 것을 알게 되었다. 이혼한 남편이 좋아한 것은 재즈 음악이었고 십 년 정도 사는 동안 훈정이 남편과 취향을 공유한 유일한 것이었다.

훈정은 K 시인이 쓴 시집을 사려고 온라인 서점에 들어가 본 적이 있었다. 그가 정말 오래전의 연일이라면 어쩌면 훈정에게 자신이 쓴 책 한 권을 보내고자 하지 않았을까? 잘 지내고 있는지 근황은 좋아 보였다. 훈정은 그가 겨울날 옷을 입은 채 작천정 화강암 바위 위에 드러누워 하늘을 보던 모습을, 가끔 보여 주는 특이한 말과 행동들을 떠올린다. 시집은 아주 작고 얇은 책이었고 그의 이름은 개명해서 K로 바뀌었고 적당히 늙어 있었다. 연일과 K 시인. 연일은 아마도 그때 죽었고 이후 K라는 시인으로 다시 태어나 살고 있는지 모른다.

이삼 년 전 여름, 친구와 작천정에 다녀온 훈정은 그곳이 무척 달라져 있다는 것을, 아니 그동안 시간이 많이 지나갔다는 것을 떠올려 보았다. 계곡 옆에는 족욕장과 텐트를 치는 야영장이 생겼고 피톤치드 테라피를 할 수 있는 산책길이 마련되어 있었다. 훈정은 친구의 성화로 언양 자수정 동굴 안에서 벌어지던 서커스를 보았다. 서커스는 토요일마다 하루 세 번 열린다고 했다. 시간을 잘 맞춰야만 볼 수 있는 것이었고 생각보다 서커스에는 많은 사람이 몰려 있었다. 훈정은 불 밝혀진 동굴 안에서 서커스 단원들이 모여서 휘파람을 부르며 서로의 이름을 불러 주던 것을 보았다. 서너 개의 의자를 쌓아 올려 두고 꼭대기에서 물구나무를 서던 여자는 허리에 굵은 분홍색 벨트를 하고 있었다. 여자의 곡예를 보며 사람들이 박수를 쳤다. 서커스의 아슬아슬한 순간이 지날 때마다 나머지 단원들의 밴드 음악이 흐르고 순간 그곳은 더없이 즐거운 무대가 되었다.

"하루에 얼마나 저 서커스를 하며 보낼까? 밖으로 나가지도 않고 이 동굴 속에서 말이야." 친구가 속삭였다. 서늘하고 여름을 보내기 좋다며 들어온 동굴 나라였다. 마지막으로 두 남녀의 곡예사가 의자 하나를 가운데 두고 포개듯 포옹을 했다. 포옹을 끝으로 서커스는 끝났고 희극적인 분위기의 단원들은 익살스러운 표정으로 신나는 연주를 했다. 지금도 서커스는 동굴 속에서 여전히 열리고 있는 기분이 들었다.

맑았던 날씨가 저녁이 되자 빗방울이 떨어졌다. 손님들은 두 대의 차에 나눠 타고 떠났다. 오늘은 단 한 팀의 예약 손님을 받았고 저녁나절의 어둠 속에 그들이 떠나는 것을 보았다. 내일은 요리 강습과 원데이 클래스가 있는 날이다. 훈정은 두 개의 세계 속에 자신이 일렁인다고 속삭였다. 이곳과 저곳, 막혔던 막다른 길의 끝에 또 다른 길이 열리는 것, 잘못 도착했다고 여겨지던 길이 어쩌면 진짜 찾던 길일지도 모른다는 것. 훈정은 이제 지나간 시간이 헝클어 놓은 기억을 정리해 보고 싶었다. 혹시 연일을 만나 음식을 대접하는 날이 있을까 궁금해지기도 했다. 이렇게 우연히 만난 손님들의 이야기 끝에 언양을 떠올린 것처럼. 그를 언젠가 만난다면 그럴 수 있을 것 같았다. 끝내 이해하지도, 이해받지도 못한 그때의 서먹함도 사라지겠지. 연일은 착하고 무심하게 무서워하는 훈정을 위해 눈을 감겨 주던 젊은 날의 얼굴은 아닐지도 모른다. 훈정은 사진에서 본 K 시인의 모습을 연일의 얼굴 위에 오버랩해 보았다.

겨울 언양의 터미널 상가 속을 기웃거리던 연일의 모습이 사진 속 희미한 얼룩으로 수면에 떠올랐다.

뼈 이야기

시아버지의 장례식 이후 시모 술이는 연우에게 물었다.

"니 시아버지 뼈가 얼마만큼이나 되더노. 밥 한 공기 정도 되더나?"

뭐라고 말해야 하나, 정말 몰라서 묻는 것이겠지. 연우는 그때 본 뼈의 무게와 질량이 한 줌의 기체 같았기에 부피감을 어떻게 말할 수 있을까 싶었다.

"한 공기. 식당에서 주는 밥공기 말고 우리 제사 지내던 그 수북한 밥공기로 말이다. 니 시아버지는 키도 크고 뼈대도 굵어서 수북하고 많을 거다."

"두 손으로 요렇게 모은 것만큼 좀 많았어요."

두 손을 둥글게 모아 새 한 마리를 감싸 쥐듯 양을 측정해 보였다.

"그렇게나 되더나. 참 많네. 무거울 기다. 원래 네 아버지는 몸이 장대한 사람이지."

늙은 술이의 눈썹은 가늘게 흔들리고 주름진 뺨은 떨렸고 여윈 어깨까지 떨고 있었다. 흐느끼는 음성은 이내 가슴과 배 어딘가에 파도치듯 떨림으로 밀려왔고, 시모는 울기 시작했다. 둥글게 감싸 쥔 그 손의 양만큼이 사실이었을까? 연우는 일주일 전 화장장에서 슬쩍 본 것이 맞는 것인가 싶기도 했다. 그게 정말 그 사람이었나 싶어 고개를 돌렸던 것이다.

시모 술이가 죽은 시아버지의 몸이 장대하다 했지만 그것은 오래전 이야기라는 걸 연우는 안다. 십 년 전부터 이미 시아버지의 몸은 살이 빠지고 근육도 허물어졌다. 골다공증으로 세 번 넘어지면서 대퇴골이 부러졌고 수술과 긴 침대 생활로 뼈를 겨우 고쳐 놓았던 상태였다. 두 발로 지탱하기에 몸은 자루처럼 흘러내렸고 누웠다가 앉았다가 기었다가 병원 침대 위에서 모로 눕기를 반복했다. 그게 벌써 오 년 전이다. 밤이면 병원 침대에서 소리 지르며 간호사를 불러들였다. 다인실의 병실에서 다른 이들과 불화했다. 간호사들이 요주의 인물로 꼽은 것을 연우는 병원에 가서 알았다. 문을 자주 열고 닫아도, 누군가 소리 내어 웃어도 화를 냈다. 젊어서 장대하고 미남이었다던 시아버지는 일흔이 넘어서는 더 고집불통으로 변했다. 자신의 몸에 가해지는 병고에 늘 비명을 지르는 노인이 되어버렸다. 그리고 마침내 아흔한 살 여름에 도달했다.

처음 남편이 예순아홉일 때 일흔여섯까지만 살면 좋겠다고 두 꺼운 이불 아래서 술이에게 말하고는 했다. 예순아홉의 나이였고 손자가 셋에 두 명의 손녀가 있었다. 하지만 그 욕망은 일흔아홉으 로. 그러다가 여든다섯까지만 하고 바라다가 아흔이 되자 아흔다 섯까지만 살고 싶다고 했다. 딱 아흔다섯 살까지. 이유는 없었다. 숫자는 그냥 조금씩 불어난 것뿐. 술이는 그렇게 오래 살아 무얼 할 거냐고 물었다.

아흔한 살의 남편이 죽었을 때 술이는 장례식에 가지 않았다. 장 례식장에 들어가는 모습을 보고 싶지 않다고 했다. 어떻게 육십 년 넘게 함께 산 남편이 그렇게 뼛가루가 될 수 있을까. 깊은 밤, 생각 하고 생각해도 화장장에 갈 수 없었다. 영락공원이라니, 그곳이 어 느 공원인가. 도대체. 그곳은 지옥 불이 끓고 있고 뼈를 그슬리게 하는 불타는 화장장이었다.

그리 먼 곳으로 훌쩍 떠나가듯 죽어 버릴 수가 있을까. 그렇게 지나가 버리는 것이 인생이던가. 술이는 중얼거렸다.

"너희 아버지는 내게 간다고 잘 있으라는 말 한마디도 하지 않 았다. 아직도 그 양반은 자기가 간 줄도 모를 거야. 침대 위에서 그 대로 살고 있다고 여기겠지."

술이는 늙은 남편이 죽어가면서 그 어떤 한마디를 해줄 거라고 믿었다. 적어도 죽음을 목전에 둔 사람이라면 정말 이 생이 끝난다 는 느낌이 조금이라도 있는 사람이라면 그렇게 아무 말도 없이 죽 지는 않을 거라고 생각했다. 부부로 만나 육십 년이 넘도록 자식들을 키워 내며 살아온 늙은 아내에게 먼저 가는 아쉬움을, 이 세상에서 사라져 버리는 자기의 본래 모습을 안타까워하며 단 한마디라도 해줄 거라고 기다렸는데. 그게, 그게 없었다.

"그런데 뼈 항아리를 집에 가져다 둘 수는 없겠나? 어떻게 가져올 수는 없을까?"

시모 술이는 연우에게 자꾸 부탁했다. 시간이 지나 봉안된 뒤에야 시모 술이는 뼈 항아리에 집착하기 시작했다.

＊＊＊

젊은 날 술이의 택호는 애영네였다. 열세 살 맏딸의 이름이 애영이었기에 이웃에 사는 영미 엄마는 담 너머로 늘 '애영네야. 애영네야!' 하고 불렀다.

애영네라고 불릴 적, 서른아홉 살의 술이는 하루 종일 집안일에 푹 빠져 있었다. 하루 두 번 집 안을 청소하고 방의 먼지를 물걸레로 닦아내고 장롱의 먼지를 털어내고 이틀이 멀다고 빨래를 했었다. 눈뜨면 보이던 영미 엄마와 담장 너머로 음식을 나눠 먹으며 친구처럼 지냈다.

그 시절 술이는 작은 마당에 개를 키우고 이불 홑청을 풀 먹이고 겨울이면 메주도 쑤고 김장도 커다란 장독을 채울 만큼 많이 했다. 사는 일에 겁이 없는 술이였다. 죽는다는 게 유일하게 무섭고 궁금하기도 하고 또 죽음의 모습이 어떤 것인지 알고 싶었다. 그러

148

므로 꼭 가야 할 일이 있을 때는 종종 장례식에 다녀왔었다. 하지만 장례식에 다녀와도 알 수 없었다. 죽음의 무게를. 젊은 날 술이에게 죽음은 한켠에 치워둔 풀어보지 못한 다른 이의 짐 덩어리였다. 결코 풀어볼 수 없는 남의 짐.

술이가 처음 목격한 죽음은 아버지의 죽음이었다. 술이의 아버지는 마흔 초반의 젊은 나이에 하룻밤 사이에 죽었다. 중풍이라고 했다. 전날 대청에서 볕에 바랜 서적을 꺼내 바람을 쐬며 여섯 살 술이와 놀아주던 아버지가 하룻밤 사이에 떠났다. 중풍은 술이 집안의 내력이었다. 이후 나이를 먹어 가며 술이는 삶을 낚시질하는 죽음의 바늘을 곱씹었다. 아버지와의 희미한 기억은 누가 머릿속에 넣어둔 듯 생소했다. 이후 술이는 초상집에 다녀오면 대문간에 둔 소금 단지에서 소금을 꺼내 제 머리와 발등에 뿌렸다. 그렇게 하는 거라고, 아주 어린 시절부터 배워 왔다.

결혼 후 시댁의 하나뿐인 시고모가 죽었을 때 술이는 경주의 시골 마을 상갓집에 갔었다. 시고모는 술이가 젊은 새댁 시절 두세 번 보았을 뿐이지만 남편에게는 어머니 같은 존재였다. 경주 안강 마을 지나 어느 가난한 학자 집안으로 시집을 간 시고모는 네 명의 아들을 낳고 키우고 혼인시켰다고 했다. 술이는 막내를 데리고 겨울철 길을 나섰다. 가는 길의 교통편이 좋지 않았기에 버스를 타고도 시간이 오래 걸렸다. 어두워진 저녁이었다. 향불, 짚불, 타다 만 불쏘시개 냄새, 들큰한 과일주 냄새, 그리고 오래된 고택 주변의

썩은 나무들이 풍기는 냄새.

병원에 간 적 없던 시고모는 두 달에 걸쳐 천천히 죽었다고 했다. 시고모는 알 수 없는 여러 약을 한약방에서 사다가 달여서 목숨을 유지했다. 그 고택의 마당에 들어설 때부터 술이는 시골집의 모든 벽이 검붉고 축축한 흙과 마당에 난 풀뿌리로 짓이겨져 있는 것을 느꼈다.

빈소에서 두 번 절을 하니 곡소리가 이어졌다. 병원이 아니라 오래도록 집 안 이불 속에서 살다가 떠난 시고모는 면사무소의 누군가가 와서 죽음을 확인해 주었다고 했다. 그러자 부엌의 오래된 선반이 와르르 무너져서 그릇들이 부서졌다는 말을 그 집 며느리가 들려주었다. 술이는 그 모습을 보았다. 보이지 않는 시고모보다 무너진 선반을 보는 것으로 시고모의 부재를 알게 되었다.

술이가 서른일곱 살, 1974년의 겨울이었다. 밤이 깊어 어두운 안강마을 쪽 하늘에는 함박눈이 잠들어 있었다. 사람들은 눈이 올까 하며 자꾸만 나와서 하늘을 보았다. 잠이 들지 않는 초상집 기와 아래, 마루의 기둥에는 기름불이 지펴 있었다. 사람들은 눈이 와서 꼼짝없이 눈 속에 갇혀 상여가 나갈 수 없을지 걱정하고 있었다.

잠든 막내 아이를 안고 있던 술이는 먹먹히 검은 밤하늘을 보자 통영에서 살았던 처녀 시절, 친구 집에 놀러 갔던 열여덟 살의 겨울밤이 불현듯 떠올랐다. 설레고도 마음이 들떠 있던 그 겨울밤 친구 집 온돌방 아랫목에 깔려 있던 붉은 이불의 색깔이 어째서 낯선 초상집의 이 웅성거림과 울음소리 속에서 떠올랐을까. 속살거리던 젊은 처녀인 술이의 마음이 있던 그 밤과 늙은 한 사람이 떠나는 이 밤이 어떻게 다른 것일까. 서른일곱의 술이는 열일곱의 어린 술이와 일흔의 늙어버린 술이와 함께 한 이불 속에 쪽잠을 자는 것 같았다. ‘내가 죽기라도 한 것일까?’ 중얼거리며 앉아 있던 술이는 선잠을 깼다. 가슴에 품은 아이의 둔중한 온기. 그 기억은 기이하게 위로가 되었다. 아직 젊구나 싶은 마음이 들었고 귀가 활짝 열렸다. 간혹 목소리들에 뒤섞여 사투리가 툭툭 들려왔다.

“지금 눈이 오니껴?”

“눈도 잠시 참고 있겠지. 우리 어른 후덕한 거로 치면 당연하지를.”

“자손도 이리 다 모이고 여든이라 호상이니 이것도 복 중의 복이라.”

그 시절 여든의 나이라면 다들 준비가 되었다고 생각했다. 어둠 속에서 눈발이 날리는지 보려고 사람들이 들락거렸다. 다음날, 아침 다행히 눈은 쏟아지지 않았고 희끗한 싸락눈이 내린 길을 밟으며 술이는 산으로 떠나는 상여를 뒤따랐다.

술이가 시집오고 난 이후 서른셋 즈음. 참물 아이라 불리던 시절이 끝나갈 때 시댁 작은아버지와 작은어머니의 초상을 몇 년 사이에 치렀다. 체구가 작고 일 욕심이 많았던 작은 시아버지는 수완이 좋았고 모아둔 재산이 많았다. 갓 시집온 술이를 작은 시아버지는 참물 아이라고 불렀다. 새벽 물로 씻어놓은 사람 같다는 말이었다. 그것은 칭찬이었지만 술이에게는 짐이었다.

젊은 날 타지를 떠돌아다닌 적이 많은 술이의 시아버지는 집안에 거의 없었고 술이의 시어머니도 일찍 세상을 떠났기에 집안 제사는 작은 시댁에서 지냈다. 참물 아이라 불러주던 작은 시아버지 댁으로 술이는 제사를 지내러 다녔다. 술이는 작은 시어머니에게 집안 제사의 모든 것을 배워나가야 했다.

작은 시어머니인 유재 부인은 엄격하고 제사상 차림에 까다로웠다. 제사를 지내고 나면 며칠 동안이나 몸살을 앓았다. 까마득히 오래전이지만 병을 앓듯이 힘들었던 날이었다. 그렇게 제사에 정성을 들이던 유재 부인은 작은 시아버지가 죽고 몇 년 뒤 묘소를 파묘하고 뼈를 산골해서 그것을 조밥과 함께 떡을 만들어 주변 산과 들에 뿌렸었다.

"그리 조상을 받들어 모셨던 유재 부인이 몇 년 뒤에 그 묘소를 갈아엎을지 누가 알았겠나?"

술이는 며느리인 연우에게 이야기를 들려주면서 작은 시아버지의 뼈를 혼자 수습하던 유재 부인의 얼굴을 떠올렸다. 술이는 몇 번이고 그 이야기를 들려주었다. 태엽을 감듯. 무섭기도 하고 차갑기도 한 얼굴이었다. 오래전 일이라도 잊히지 않았다.

"그 뼛가루를 준비해 온 밥에다가 섞어 일일이 손으로 빚어서 둥근 떡을 만들고, 그리고 그것을 뿌렸지. 짐승들 먹으라고. 멀리서 지켜봤는데 무서웠다."

그렇게 묘소를 다 정리하고 그 산을 팔아 버렸다. 집도 다 정리하고 유재 부인은 재산을 어딘가 절에다 기탁했다고 했다.

152

"작은 시아버지가 자손이 없었거든. 아마 아무도 찾아오지 않을 거라 여기고 파묘해서 뼈도 수습하고 돈을 다 정리했을 거야. 그래도 우리가 남아 있지 않니? 우리도 자손이라면 자손인데. 내가 그 윗대 제사를 지냈는데 아무것도 우리에게 남기지 않고 유산 한 푼 남기지 않고 가버리다니."

연우는 시모인 술이가 묘사하는 유재 부인의 마지막 모습을 떠올린다. 자궁암에 걸려서 수술을 하러 가면서 술이의 손을 잡고 '내가 꼭 살 수 있게 기도를 해달라'고 했던 일을. 제사 때 그렇게 엄격하던 유재 부인이 살아 있는 동안은 그렇게 넓고 큰 집에 철마다 좋은 옷에 비싼 장롱을 가지고 있었더라도 죽을 때 되니 모든 게 다 흩어졌다는 말. 술이는 유재 부인이 죽음에 대해 예감을 가지고 있었다고 말했다.

술이는 연우에게 뼈 이야기를 또 꺼내놓았다. 그게 왜 그렇게 또렷이 떠오르는지 싶다가도 술이는 자기의 눈으로 또렷하게 본 것 때문이라 여겼다. '내 눈으로 똑똑히 봤으니까'라며. 손으로 기도하듯 동글동글 만들던 떡. 산에 깃든 새들에게 준다고 던졌다. 까마귀든, 멧비둘기든, 까치든. 다 먹으라고. "그런 유재 부인도 자기가 죽는 순간을 생각한 적은 없을 거다. 사람은 자기 목숨을 그 어디에도 견줘 보지 않으니까." 술이는 며느리인 연우를 보면 이야기를 쏟아냈다.

예순이 지나면서 술이는 잠들 때면 오래전에 죽은 어머니를 자주 생각했다. 어머니가 있었다는 게 꿈처럼 여겨졌다. 너무 아득해서 한 번씩 불러보고는 했다. 어머니는 예순의 나이가 되기도 전에 돌아가셨다. 어머니는 그 나이에도 고운 여자였다. 물자와 전쟁 상황으로 먹는 것조차 어려운 1950년대 시절, 그 시절이 어머니에게 젊은 시절이었다. 어머니는 통영의 부잣집 마님이었다. 술이는 그 시절을 떠올린다. 어머니와 함께한 어린 시절을. 어머니는 넓은 땅과 꽤 많은 일꾼을 거느린 집안의 안주인이었다. 음식 솜씨도 뛰어났지만 바느질과 옷맵시도 좋았다. 어머니는 일찍 세상을 버린 아버지가 해오던 사업을 이어 나갔다. 몇 척의 배로 대구잡이를 하던 일이었다. 대구잡이가 한창인 겨울이 오면 집안의 소유인 어장에서 잡아 온 대구를 마당에 한가득 부려놓았다. 술이는 열네 살이던 겨울밤 마당에서 비릿한 대구 냄새가 훅 풍겨 오던 것을 떠올렸다. 그런 다음 날이면 여자들이 모여 대구의 알을 꺼내고 남은 생선은 상자에 담아 어딘가로 보냈다는 것을 떠올린다. 대구 알은 물에 뿌려놓은 구슬처럼 반짝였다.

대구 어장은 오래도록 술이의 집안에 부를 가져다준 풍족한 자원이었다. 하지만 가지고 있던 술이 집안의 전답이 토지개혁으로 몰수되어 싼값에 넘어간 이후 집안이 기울어지면서 어장도 팔아버렸다. 어린 술이에게 불운은 밤에 본 대구의 입과 아가미만큼이나 생생하게 다가온 것이다.

"서랍을 열어 봐라."

시모 술이의 말에 연우는 잔걸음으로 걸어가서 서랍을 열어 보았다. 가득 모아둔 종이 아래 찾아보려는 사진은 없었다. 눈에 들어온 것은 오래된 시모 술이의 혼인 사진과 얼마 전 검사한 치매 진단서이다.

연우는 남편이 시모인 술이와 함께 병원을 다녀온 것을 알고 있었다. 치매 검사는 꽤 긴장되는 일이었고 연우에게도 혹시나 하는 마음이 들었다. 남편은 시모인 술이가 늘 죽은 자들에 대해서만 고집스레 파고드는 것을 두려워했다. 하지만 연우는 그것은 당연한 일이 아닌가 싶었다.

술이의 삶은 열여덟 살까지 더할 나위 없이 풍요로웠다. 그 시절의 이야기는 보이지 않는 물소리처럼 술이의 기억에 남아 있다. 대구를 잡는 어장과 멀리 다른 지역에도 가지고 있었다는 넓은 토지. 하지만 술이가 스물이 될 무렵에는 이미 땅도 사라졌고 집도 이사를 해야 했다.

"그렇게 풍족한 살림이지만 그래도 어머니는 음식을 절대 버리거나 하찮게 생각한 사람이 아니었어. 아껴 쓰고 간수했었어."

통영 고향 마을의 사람들이 술이의 어머니를 참사댁 며느리라고 불렀다는 것을. 긴 대청마루에 누워서 하늘을 바라볼 수 있는 큰 기와집 마당에 회화나무가 있었다는 것도, 기와집 담 너머에는 멀리 충렬사의 사당이 오래전부터 있었고 그곳을 지나쳐 초등학교에 다녔다는 것을 연우는 이제 안다. 그런 이야기를 할 때 시모인 술이의 눈빛은 빛났으니까.

연우는 서랍을 다시 뒤졌다. 술이가 찾는 술이 어머니 사진은 보이지 않았다. 다행히 술이의 치매 진단서 조항에는 술이의 기억력과 지남력은 정상이었다.

그렇다. 이제 그 이야기를 들어줄 사람은 없겠지. 시모 술이는 연우에게 또다시 어머니 이야기를 했다. 일주일에 한 번 음식을 마련해서 오는 며느리 연우에게 술이는 밥보다 이야기를 건네려고 했다.

술이는 대학에 가고 싶었다. 하지만 기울어진 집안에 더 이상의 희망이 없다는 것을 술이는 알았다. 하릴없이 소설책만 읽었다. 기울어진 집안의 막내딸에게 남은 일은 누군가에게 의탁해서 시집을 가는 일이라는 것을. 그것이 얼마나 받아들이기 어려웠는지 누군가에게 이야기하고 싶었다. 만석꾼이라는 이야기를 듣던 집안은 이미 사양길에 들었고 대구 어장도 큰 오라비가 팔아 버린 것이라고. 누군가 공부만 시켜 주었으면 하는 마음이었다. 어릴 적 고모들을 서울의 이름난 여고로 보내느라 돈을 준비하던 어머니를 떠올리며 술이는 편히 살던 고모 댁에 한번 가볼까 했지만 그러지 못했다. 일찍 결혼한 언니를 찾아가지도 않았다. 내 주머니를 떠난 돈은 절대 나에게 고개 숙여 들어오지 않는다는 것을 알았기에 술이는 도시로 건너가 은행원으로 취직하기로 했다.

"내가 은행원이 되었을 때 우리 여자 행원 중에 내가 제일 주판

156

을 잘 두었다. 늦은 밤까지 우리들은 은행 문을 걸어 잠그고 다발로 돈을 세었거든. 밤이면 우리 머리나 옷 위에 돈을 세느라 풀썩풀썩 날아오른 먼지가 다시 부옇게 내려앉았다. 얼마나 먼지가 많았는지 머리카락 위가 하얗고, 아주 늦게서야 집으로 돌아왔다. 일 년에 한 번 폐 사진도 찍었다. 공기가 나쁘니 폐병이 걸리는 사람도 있었거든. 그러면 돈도 없이 쫓겨나서 병이 나을 때까지 은행에 오지도 못했지.”

일 마치고 나면 알 수 없는 갈증이 나서 술이는 동료와 늦게까지 하는 빙수 가게에 가서 석빙고를 서너 개씩 먹어 치웠다.

“그때 네 시아버지를 알게 되었다. 처음 소개받을 때 키가 커서 좋았거든. 입이 무겁고 내 머리 위에 채 떨어지지 않은 먼지를 어찌나 잘 털어주던지.”

상을 차린 연우는 시모인 술이의 밥그릇에 금방 해둔 밥을 담는다. 한 달에 한 번 연우는 집에서 담근 배추김치에 몇 가지 반찬을 가져와 냉장고를 채워 넣고 국을 끓여서 함께 먹었다. 연우는 이 일이 언제까지 이어질지 생각해 보았다. 시모인 술이와 함께 살지는 않지만 이야기는 들어준다는 것. 식사를 하는 동안 이야기는 이어지고 있었다. 된장을 끼얹어 쪄낸 생선 위에 고명으로 잔파를 뿌려서 밥을 먹었다. 연우는 이 밥상 위에 놓인 오래된 그릇들이 술이의 어머니 이야기와 알지도 못하는 술이의 시고모에 대한 기억과 함께 놓인다는 것을 알고 있었다.

일 년 전 처음에는 주문하기를 꺼렸던 환자용 침대를 마련하고 나자 술이는 남편이 빠르게 그 침대에 적응해 나간다는 것을 알았다. 가끔 누워 있는 침대였지만 이후 한 달 뒤부터는 전혀 일어나지 못했다. 노쇠하고 여윈 채 높은 베개에 파묻혀 신음하고 배설하는 것으로 바뀌었다. 술이는 몇십 년의 시간을 두고서 천연두나 폐결핵을, 그리고 콜레라를 무서워한 기억이 떠올랐다. 폐결핵은 은행을 다니던 스물서넛의 술이가 제일 무서워한 병이었다. 하지만 이제 술이의 남편은 아흔을 넘겼고 유행병으로 요양원은 폐쇄되어 한번 들어가면 나오지를 못한다고 했다. 그러기에 술이는 남편의 기저귀를 하루에 서너 번 갈면서 집에서 간병했다. 술이는 이런 상황이 너무도 익숙한 것을 알게 되었다. 사십 년 전의 술이가 감당했던 시아버지의 기저귀. 사십 년이 얼마 전의 일인 듯 여겨졌다. 사십 년 전 시아버지는 며느리인 술이의 수발을 너무도 민망하게 여겼다.

먼 타지를 떠돌아 돈을 벌려고 다녔다는 시아버지는 유재 부인이 죽을 즈음 집에 돌아왔고 몇 년 지나 병이 들어 누웠다. 남편이 병상에 눕고 난 이후 술이는 조금씩 헷갈렸다. 남편과 사십 년 전의 시아버지를. 깊은 밤, 침대에 누워 잠들지 못하고 외마디 소리를 지르는 남편은 언제 저렇게 늙어버렸던가. 모든 게 지나가 버렸다는 생각에 술이는 온몸이 휩쓸려 떠내려가는 기분이었다.

"네 시할아버지는 일흔다섯까지 살았다. 늙어서 크게 아픈 데 없다가 중풍이 들었어. 마흔이었던 내가 기저귀를 빨았어. 옛날에 어디 종이 기저귀가 있었겠냐.”

술이에게 결혼은 모든 이들과 함께한 시간을 의미했다. 먹이고 입히고 재우고, 병시중을 들고 장례를 치르고 제사를 지내고 가르치고 결혼시키는 일. 이 모든 게 오로지 술이의 노동에 달려 있었다.

마흔서넛까지 술이에게 ‘애영네’라 부르던 이웃 영미 엄마의 죽음은 큰 충격이었다. 이사를 하고 난 이후 영미 엄마는 대학에 들어가는 막내딸의 옷을 사러 시장에 가다가 타고 가던 버스가 사고를 내는 바람에 버스 안에서 굴렀다. 버스는 난폭한 운전으로 신호도 무시하고 달렸고 영미 엄마는 버스 안 어딘가에 부딪혀 하루 정도 어질어질했다고 했다. 영미 엄마는 그러고도 다시 일했다. 영미네는 당시 가내수공업에 매달렸는데 그것은 군복의 실밥을 제거하는 일이었고 매일 쏟아져 들어오는 군복을 손질했다. 다음날 쓰러져 버린 영미네는 영영 깨어나지 못했다. 명백히 교통사고였으리라. 하지만 사고를 낸 버스 회사에서는 아무런 책임도 지지 않았다. 증거가 없다는 것이었다. 영미네 집의 큰딸이 전화해 왔다. “애영 어머니, 우리 엄마가 돌아가셨어요.”라고.

그날 이후 술이를 ‘애영네야’라고 부르는 이는 없었다. 영미 엄마가 뇌출혈로 죽었다는 이야기를 듣고 술이는 울었다. 영미 엄마와 이웃사촌이 되어 살았던 시간 동안 ‘애영네야’ 하고 들으면 기분이 좋아졌던 시절이었다. 한 사람이 죽자 그 시절도 가버렸다.

군복의 실밥을 떼다가 그냥 그렇게.

　숙이는 서랍장을 열어 사십 년간 써온 기록장을 꺼내 놓았다. 이렇게 기록을 해둔 것을 잠이 오지 않는 밤에 한 번씩 읽고 또 읽었다. 그래선지 숙이의 오래전 기억은 말짱했다. 참물 아이처럼. 아직도 초롱초롱한 숙이의 기억은 은행에 들어간 그해부터 적기 시작한 짧은 기록 때문이었다. 은행 월급날의 기록이거나 남편을 만난 날의 기록이었다. 결혼 준비에 든 돈의 출납계이기도 했고 딸아이의 성장에 관한 기록이었다. 시고모가 죽었던 안강의 겨울밤도 그래서 떠올릴 수 있었다. 서른일곱 살 그때의 기이한 기분을. 그 긴 기록장이 끝났다. 그리고 남편이 마지막으로 죽었고 이제는 더 이상 기록을 할 기분이 생기지 않았다. 하지만 그것이 끝이 아니라는 것을 안다. 그렇기에 한 사람이 죽어가면서 숙이 자신의 기억도 사라진다는 것을 알았다.

　숙이는 남편을 데려오고 싶었다. 유골함을 가져와서 담요로 싼 후 찬장에 두고 날마다 이야기를 써나가듯 이야기를 나누고 싶었다. 남편은 어떤 사람이었나. 무뚝뚝하지만 정은 있는 사람이었다. 하지만 죽을 때까지 자신이 죽는다는 것을 인정하지 않은 사람이었다. 그래서 죽을 때도 자기의 죽음을 믿지 않았다. 단 한마디도, 죽을 때가 되었으니 그동안 고마웠다고 말하지 않았다. 남편은 그 말을 하지 않았다. 사는 동안 미안했고 고마웠다고, 사랑했다고 말하지 않았다. 그런 사람이었다.

시모 술이는 시아버지의 뼈를 납골당보다 집 안에 두고 싶었다. 뼈를 보관한 항아리를 집에 두고 싶다고 했다. 입구를 한지로 봉하고 불에 녹인 밀랍으로 단단히 마무리를 하고 뚜껑을 덮어 집 안 찬장에 두고 싶었을 것이다. 노란 담요로 둘러싸서 뼈가 추워하지 않게. 술이의 고집이었다. 연우는 몇 번 말리기도 했다.

"네 아버지는 추운 것을 싫어했다. 겨울이면 내복을 입고도 두꺼운 담이 들어간 바지를 입고 그 위에 긴 외투를 입었지. 모자까지 쓰고."

연우는 술이가 얼마나 집안일에 애착을 가진 사람인지 안다. 집 안의 물건 하나 그 쓰임을 가늠해서 일일이 골라 정리해 두고 쓰임이 있으면 남겨 두었을 것이다. 양말을 기워 신고 떨어진 옷은 잘라서 걸레로 만들어 두었다. 사람에 대한 애착도 그러했다.

"네 아버지는 귀가 얇았다. 건강에 좋다는 것은 뭐라도 있으면 사고 싶어 했다. 오래 살고 싶은 게 인생 목표인 사람이다. 뭘 하려고 사는 게 아니라 그냥 사는 것을 위해 목숨을 누리고 싶어 했다. 하루라도 더 살고 싶은 마음이 딱 맞다."

술이는 연우에게 호소했다. 죽은 이가 보고 싶다는 술이의 말에 연우는 흔들렸다.

"얼마나 집에 오고 싶겠어. 먼 곳에 있다면 집이 그리울 거다. 그곳에 있는 것보다 우리 집 찬장 위에 있는 게 더 좋을 거다."

노모는 어서 가자고 애원했다. '어디를요?' 연우의 남편은 짐짓 모른 척 술이에게 다시 물었다.

“국립호국원에. 네 아버지를 데려오고 싶다. 그곳에서 빼내 와야 겠지.”

연우 남편의 언성이 높아진다. 그건 말이 안 된다고. 하지만 연우는 술이의 뜻을 따르기로 했다. 그러니까, 남편 몰래.

연우는 뼈 항아리를 다시 하나 샀다. 뼈 항아리는 물이 찰랑거릴 듯 푸른빛으로 둥글다.

“이건 새장처럼 작구나.”

술이는 주저앉아 뼈 항아리를 두 손으로 감싸안는다. 연우는 술이가 뼈 항아리에 손을 대고 카나리아를 꺼내듯 덥석 뚜껑을 열고 뼈를 꺼내보지는 않을까 걱정했다.

어젯밤 연우의 남편은 시모 술이의 상태를 진단했다. 이건 치매일 거라고. 여기는 어머니가 생각하는 그런 곳이 아닐 거라고. 이 세상은 이제 어머니가 느끼는 예전의 공간이 아닐 거다. 어머니는 완전히 이곳이 시간과 장소가 다른 어떤 곳이라고 여긴다고.

“그러면 안 돼? 어머니가 느끼는 행복하고 즐거운 장소라고 그냥 생각하면 되잖아.”

남편은 말이 없었다.

술이는 뼈 항아리를 가슴에 안았다. 따뜻한 체온이라도 느끼려는 듯 눈을 감는다. 흔들어 보았다. 부드러운 소리가 들려온다. 차르륵거리다가 깜깜하게 멈추는 소리는 마치 씻겨 나가는 쌀알 소리 같았다. 하지만 그것은 술이에게 들리는 소리였다. 아무도 듣지 못하는 소리였다.

"너는 내가 이상하니?"

시모 술이는 뼈 항아리를 닦다가 돌아보았다.

"어머니가 뭘 생각하시는지 궁금해서 그냥 바라보는 거예요."

"내가 생각하면 뭘 더 생각하겠니. 언제 누가 죽었던가를 떠올리고 그 순서를 잊지 않도록 기억해 보는 것뿐이야."

이제 더 이상 죽음은 없어. 술이가 아는 죽음은 이것으로 끝이다. 술이는 죽음들을 이제 다 만나보았다고, 이제 누가 남았겠니. 이제 나밖에 없지만 내 죽음은 내가 모르는 거니까.

"나는 아주 오래전부터 내가 되고 싶은 것을 생각해 왔다. 스물다섯 살 무렵 봄 그때. 결혼하기 딱 한 달 전 그때, 내 속에 뭐가 들었는지도 모르고 그냥 혼인을 정하고 난 그때. 그때로 돌아가고 싶을 뿐이다. 다시 살고 싶지 않지만 딱 그때로, 내가 무엇이 되고 싶은지. 내가 뭔지, 물인지 불인지 흙인지. 적어도 그것을 알고 혼인을 했어야 한다고. 그 봄이 오던 한 달의 시간을 다시 준다면 내가 좀 달라졌겠지."

"어머니는, 열심히 살아오셨지요. 직업도 가지셨잖아요."

"나는 은행 금고처럼 단단하게 살고 싶었다."

팔십육 세의 술이. 뻗친 흰머리에 이제 뼈 항아리를 닦으며 꿈꾸듯 이야기를 나눈다. 술이는 참물 아이 새각시도 애영네의 시절도 지나왔다. 가끔 술이는 스물의 나이로 막 교육을 거쳐 주판과 볼펜을 손가락에 끼고 은행 창구 뒤에 앉아 하루 종일 돈을 세고 있다. 가마니에 든 돈을 세어 띠로 묶어 두고 다시 풀어서 세고. 저녁 나절 하루 업무의 끝에 돈다발을 세고 있으면 전깃불에 부연 돈 먼지가 머리카락 위로 내려앉았다. 눈썹 위에도. 돈에 그렇게 먼지가 많은지 그때 처음 알았다.

"그때 나는 은행원으로 취직해서 이제 막 손님들을 맞이하는 접수창구에 나가 앉게 되었다. 어머니가 암으로 돌아가시고 스물의 나이에 도시로 나와 은행에 들어갔어. 내 이름은 김술이. 그 많은 은행원 중에 단 한 번도 지각도 결석도 하지 않고 가장 정확하고 빠르게 돈을 세던 유능한 직원이었다. 우리는 밤에 아주 늦게까지 돈을 세고 정산했어. 1959년이 지나 1960년이 되던 한밤중이었지. 그 지역은 이름난 큰 포목 시장과 인삼 시장이 있었기에 돈이 모이는 곳이었다. 하루 장사를 마친 상인들이 은행을 안방처럼 들락거렸어. 내 손에 잡힌 지폐들은 그 인근 시장 점포에서 그날 다 모여든 사람들이 주고받은 돈이었다."

밤 열 시가 가까워지도록 세고 또 센다. 장부에 기록한다. 돈은 커다란 자루에 쌓여서 어딘가로 흘러간다. 은행 문은 닫혔고 술이는 그 전등불 아래에서 끊임없이 금액을 확인하느라 지폐를 세고 또 세고 부옇게 일어나던 먼지 속에 마스크도 없이 돈을 세고 있다. 밖에서 기다리는 사람은 키가 큰 그 남자. 언제나 기다리고 있는 그 사람이 안쓰러워 술이는 땀이 밴 손바닥을 몇 번이나 문지른다. 그리고 결혼과 함께 직장을 떠났지만 지금도 가끔 그 세계에서 영원히 돈을 세고 있고 형광등 불빛은 깜빡거렸다. 참 좋았던 시절

164

이었다.

　시모 술이는 뼈 항아리를 자주 열었다. 무얼 그리 보는지 뚜껑을 열고 이야기하고는 했다. 술이는 그 도자기를 남편이 머무는 새장 정도로 여긴다. 뚜껑을 열고 하루 종일 햇볕을 쐬게 해준다. 햇빛이 가득 담기고 흰 새 한 마리가 바람을 타고 날아간다. 그 새가 어디에서 와서 어디로 가는지 모르지만 아득히 다정하게 날아가겠지.

에밀리의 시선

에밀리의 시선

터널 보수 공사는 앞으로 일주일이나 더 걸린다고 했다. 그쪽 터널 길로 가는 차량들은 한 차선을 막아 두었기에 꽤 긴 정체를 보였다. 몇 년 전에는 폭우로 터널이 물에 잠겨서 물막이 보수 공사를 하기도 했다. 정비되지 않은 인근 산에서 쏟아지는 빗물이 문제였다. 아침이면 지은은 창밖으로 차들이 천천히 움직이는 것을 한 번씩 보았다.

터널을 지나면 세실마을은 끝이 난다. 터널을 지나 한참 가다 보면 호수마을이 나타난다. 낚시꾼이 많이 모여든다는 곳. 물론 그곳을 지은은 혼자 가본 적이 없다. 그곳을 떠올리면 오래전 시간으로 돌아간 듯 조용하고 무료해 보이는 곳일 거라고 여긴 적이 있었다.

십오 층 지은의 아파트 베란다 창을 열어젖히면 터널로 이어지는 길목이 보였다. 어두운 밤 가끔 지은은 창문을 열고 터널이 보이는 위치에서 줄지어 사라지는 자동차들의 붉은 후미등을 오래 바라보았다. 무언가를 기다리는 것은 아니지만 가끔 베란다에서 커피를 마시며 지은은 그 너머를 오래 보고는 했다. 청소하거나 빨래를 널다가도 터널 쪽으로 눈을 돌렸다. 한여름 녹음이 무성할 때면 베란다에 구석구석 놓인 화분에 물을 주면서 터널로 지나가는 차들을 세어 보았다. 그렇게 오래 보고 있다 보면 그곳에 있는 무언가를 정말 기다리고 있는 듯 여겨지기도 했다. 겨울을 제외하고 작은 베란다 화단의 꽃들은 그런 지은의 손길에 호응하듯 때를 맞춰 피어났다.

십여 년 전에 터널이 보이던 산 뒤로 아주 뚜렷한 무지개가 걸려 있었다. 그 후 또다시 그런 멋진 무지개를 본 적이 없었다. 지은은 딸아이와 목을 빼고 터널 쪽을 자꾸만 바라보았다. 고층 아파트라 지은은 베란다에서 창문을 열고 결코 밖을 내다보게 하지 않았지만 그날은 그랬다. 선명한 무지개가 터널 위로 떠 있었기에 무지개가 사라질 때까지 들락거리며 보고 또 보았다.

호수마을 뜨락 산채정식집. 지은은 다시 지도 앱을 열어 보았다. 꼭 그곳을 찾으려는 것은 아니었다. 친구인 미연이 그곳을 몇 번이나 이야기했었다. 함께 가보자고 그랬다. 부근에 조용한 절이 하나 있다고 했던가. 앱을 열어 지명이나 도로명으로 주소를 검색하면

화면은 재빠르게 새로운 장소로 이동했고 그곳의 모든 도로와 음식점과 명소가 지도에서 드러났다. 그곳까지 걸리는 시간과 목적지 부근의 명소, 산기슭 가까이 파란색으로 칠해진 저수지가 지도에 드러났다. 심지어 식당의 메뉴까지 화면에 나타났다. 터널을 지나 한 십 분 달린 뒤 산을 끼고 돌아가면 꽤 넓은 저수지가 보인다고 했다. 사람들이 저수지에서 낚시하고 부근 촌집의 오리고기를 먹으러 그곳으로 간다고. 여름에는 휴가지로 꽤 붐비기도 한다고 했다. 가을이면 부근 절에서 산사 음악회도 열린다고 미연은 말했다. 경치는 아름답지만 좀 적막한 곳일지 모른다고 지은은 대답했다. 그러자 미연은 봄이면 히어리꽃이 군락으로 핀다는 이야기를 전해 왔다. 미연은 늘 지은을 들뜨게 만들려 했다. 바람잡이처럼. 벌써 히어리꽃 얘기를 들은 지도 꽤 오래되었다.

지은이 이곳에 산 지는 십오 년이 넘었다. 아파트로 신도시를 이룬 세실마을이지만 지은에게 이곳은 그저 자주 가는 식당이 있고 산책로에 커다란 벚나무가 있는 장소일 뿐이다. 한때 이곳은 살기 편하고 병원과 도서관 그리고 관공서와 백화점까지 다 잘 갖춰져 있어 많은 이가 살고 싶어 하는 곳이었다. 하지만 그것도 오래전의 이야기고 새로운 아파트를 찾아 이곳을 떠난 이도 많았다.

거주한 지 십오 년이 넘었다 해도 지은이 자주 다니는 곳은 가까이 있는 곰탕집과 초밥집, 인근 백화점과 늘 가는 제과점 정도가 다였다. 식구들이 가끔 입맛 없어 하면 지은은 저녁거리로 곰탕

을 사 가기도 했고 곰탕집의 문을 열고 나오면 익숙하게 건너 제과
점으로 향했다. 지은은 늘 이 코스에서 자신이 하나도 벗어나지 않
는다는 것을 안다. 종종걸음치면서 다녀온 모든 길이 일주일 내 걸
었던 곳들이다. 몇몇 친한 지인과 자주 가는 가까운 카페에서 만나
고, 몇 시간 이야기를 나누다가 일어나 함께 백화점 지하의 세일
품목을 살펴 식재료를 사 오기도 했다. 어디라도 가보면 길에서 그
들을 비슷한 시간에 만나기도 했다.

지은은 이곳에서 친한 친구를 만들지 않았다. 그저 아는 사람으
로 족했으니까. 열흘에 한 번 재래시장에 가서 생선을 사거나 채
소 가게에 들렀고, 일주일에 한 번 정도는 백화점 지하 마트에 가
고 곰탕집 거쳐 국을 사다가 돌아왔다. 먹고 마시고 돌아서면 다시
냉장고에 뭔가를 채워 넣는 일상들이었다. 아이가 자라나고 아이
를 둘러싼 지인들과의 관계가 새로 생겨났다 해도 이곳의 일상
은 여전했다. 한 달에 두 번 도서관에서 빌려 오는 몇 권의 책. 읽
지 못하고 돌려준다 해도 그 책이 지은을 지탱해 주고 있는지 모
른다.

지은이 오래전 보았던 연극을 떠올린 것은 얼마 전 남편이 가져
온 티켓 때문이었다. 지은은 티켓을 선반 어딘가에 두고 곧 저녁
준비에 열중했다. 한때 지은은 연극에 마음이 설레었고 꽤 많은 공
연을 관람했다. 이제는 연극에 흥미가 떨어지기는 했다.

"연극을 보고 감상평을 좀 들려줘."

남편은 그 티켓이 회사 사장의 부담스러운 초대라고 했다.

"연극에 대한 리뷰나 해석은 검색하면 다 나와 있을 텐데 그걸 봐도 되잖아."

남편은 그날따라 저녁을 지나치게 많이 먹었다. 구워 둔 생선과 된장국을 급하게 먹고 딸아이에게 주려고 준비한 고기완자까지 집어 먹었다. 손을 잘 대지 않던 무생채에 밥까지 비벼 먹고 있었다. 먹으면서 뭔가를 떨쳐 버릴 기세였다. 며칠 연속 업무가 많다더니 지친 것일까. 밖에서 힘든 일이 있으면 그는 집에서 가끔 집밥을 마음껏 먹고 소파 대신 바닥에 드러누워 맥없이 텔레비전을 보기도 했다. 품위도 없이 꾸역꾸역 먹는군. 그와 식탁에 마주 앉던 신혼 때의 지은은 차마 그에게 그 말은 하지 않았다. 소나기밥은 그의 미세한 긴장을 풀어 버리는 장치였다. 이제 그럴 때면 그가 회사에 일이 많을 때라고 이해했다.

남편은 회사 일에 충실했다. 전날 술을 마시다가 새벽에 들어와도 제시간에 출근했고, 대리운전해 온 차가 제대로 있는지 새벽녘 주차장에 내려가서 잠이 덜 깬 채 차를 확인하고는 했다. 남편이 건네준 티켓은 회사 일의 연장일 수도 있다. 언젠가 회사 사장의 친척이 연극 극단을 운영한다고 들었던 것 같다.

"그래도 연극 무대에 오른 배우의 분위기나 무대 조명, 뭐 그런 게 필요하지. 당신이 연극을 아주 좋아한다고 해뒀어. 우리 부서 여직원들도 관심을 기울이더라구. 오래전 연애할 때 우리가 본 연극이 뭐였지?"

남편이 말하는 연극은 오래전에 함께 봤던 뮤지컬을 말하는 것이다. 그는 연극과 뮤지컬을 가끔 혼동했다.

지은은 티켓을 다시 챙겨 들었고 미연을 떠올렸다. 미연이라면 함께 갈 수 있을 것이고 저녁 시간의 특별한 외출을 오랜만에 기대할 만했다. 그러자 어쩐지 새 블라우스를 하나 사야 하지 않을까 싶었고 머리를 좀 손봐야겠다고 마음을 정했다. 귀찮기도 하지만 부스스한 머리카락을 자르고 외출해야겠다 싶어 거울 앞에 섰다. 쉰을 막 넘긴 지은은 거울 속의 자기 모습을 천천히 바라보았다.

지난 늦가을 흐린 날, 제과점의 짙은 녹색 차양 아래 야외 탁자에 앉은 지은은 혼자서 커피와 치즈케이크 한 조각을 먹었다. 커피는 뜨거웠지만 야외 탁자에 나와 있는 동안 빠르게 식어 갔다. 피어오르던 커피잔의 김이 사라지고 한 차례 싸늘한 바람이 머리카락을 흔들고 있었고 마지막 남은 치즈케이크 한 조각을 입에 넣은 채 달리는 차들을 무심히 바라보았다. 천천히 시간이 지나고 있었다.

지은은 문득 혼자인 채로 빛이 모인 무대 위에서 춤을 추던 중학교 때의 자신을 떠올렸다. 발레를 배우던 중학생 지은이 어두운 객석 드문드문 앉아 있는 관객들을 향해 춤을 추며 어딘가에서 보고 있을 어머니를 향해 자신만만하게 손을 내밀거나 발을 치켜들던 순간이었다. 독무로 잠깐 춤을 춘 뒤 곧 무대로 나온 다른 무용수들과 합류하며 무대 위의 한 지점을 지나갔다는 것을 다시 떠올렸다. 무용복은 지나치게 뻣뻣했고 훈련은 고단했다. 하지만 그런

날도 오래가지 않았다. 발레 수업은 중학교를 마치고 그만두었다. 아버지의 사업 부진으로 발레 학원의 비용을 감당하기 어려워서였다. 사업 부진이 어떤 건지 몰랐지만 집안 분위기는 그랬다. 그때 지은은 조금 후련했던가 아니면 아쉬웠던가? 그 기억조차 또렷하지는 않았다.

지나가는 도로의 차들이 붉은 신호등에 잠시 정차했다가 다시 미끄러져 달리기 시작했다. 지은은 그렇게 가끔 혼자 야외 테이블에 앉아 한 번씩 커피를 마시고는 했다. 그럴 때면 늘 무대 위에서 독무를 추던 그 짧은 순간이 느껴졌다. 접시에 남은 케이크 조각을 먹으며 신호등을 따라 네 방향으로 사라지는 차들의 흔적을 바라보고 있었다. 그러다 허둥지둥 자리를 벗어났다. 오래전 발레를 하던 열네 살의 자신을 다시 생각하는 것은 탁자 위 떨어진 케이크 부스러기를 주워 담는 것만 같았다. 지은은 늘 자신이 평범하고 모나지 않은 아이라고, 참을성이 강하다는 소리를 들었다는 것을 떠올렸다. 그때 친구 중 끝까지 춤을 전공하고 이름난 무용가가 된 이는 아무도 없었다. 이름난 무용가가 되지 못한다면 차라리 일찍 그만둔 게 잘한 일이라고 일반 고등학교를 간 이후 몇 번이고 되뇌었다. 잠깐의 사치스러운 마음으로 발레를 배운 것은 아니었다고 스스로 그때를 돌아보았다. 하지만 스스로 선택하지 못했다는 아쉬운 마음은 늘 남았다.

흐리거나 비 오는 날이면 지은은 그렇게 짙은 녹색의 장화를 신고 어깨 위에 두툼한 스카프를 둘러매고 어디 멀리 여행이라도 가는 듯 제과점의 입구 손잡이를 당기고는 했다. 식빵 코너를 지나 럼주가 들어간 카늘레, 에클레어, 마들렌과 머랭 쿠키를 둘러보며 지은은 가끔 그것들을 하루에 다 먹지도 못하도록 넘치게 사고는 했다. 어쩐지 어디에도 없는 곳에 온 여행자처럼 지은은 그렇게 선물 포장해서 사 가기도 했다. 그리고 가끔 혼자서 야외 탁자에 앉아 커피 한 잔을 마셨다. 그것으로 충분했다. 멀리 여행을 가지 않아도.

점원들은 검은 원피스에 흰 레이스를 두른 앞치마를 입고 머리에 흰 헤어밴드를 쓰고 있었다. 그 모습은 오트라 제과점의 충실한 이미지를 보여 주며 프랑스 과자 정통의 맛을 지켜 내고 있다는 듯 보이게 했다. 언젠가 늦은 마감 시간에 매장에 들른 지은은 한 점원이 흰 앞치마를 두르고 양동이에서 걸레를 씻어 가며 바닥을 닦는 모습을 보았다. 직원은 맨손으로 바닥의 타일을 걸레로 닦아 내고 있었다. 엎드린 채 바닥의 얼룩이며 빵 부스러기를 꼼꼼하게 쓸고 바닥을 닦는 점원이 점점 가까이 다가왔을 때 지은은 잠시 주춤했다. 흰 앞치마가 바닥에 끌리고 있었고 그 점원의 어깨를 내려다보며 어쩔 수 없이 지나쳐 가야 하는 기분을 오래 되씹어 보았다. "왜 이리 영업 중에 청소를 할까요. 보는 사람이 미안해지네요." 누군가 속삭이듯 말했다. 그때 떠오른 어떤 불편한 기억은 꽤 오래갔기에 되도록 늦은 시간에 제과점에 가지 않도록 했다.

며칠 뒤 지은은 미연과 만나 자주 가는 백화점 지하 식당에서 파스타를 먹으며 대학 입시를 앞둔 딸아이의 학교생활에 대해 서로 이야기를 나누었다. 백화점의 식당과 카페는 늘 사람들로 북적였다. 미연은 일찍 결혼한 까닭에 이미 대학을 졸업한 딸이 있었다.

"그 호수마을 가는 대신 연극 보러 가자."

돌아오는 길에 지은은 미연에게 말했다. 미연은 그러자고 했고 오랜만의 문화생활이라고 서로 웃었다. 지은은 미연과 대학 시절부터 만나 왔고 결혼 전에는 자주 영화를 보거나 계절이 바뀔 때면 여행을 다니기도 했었다.

그날 저녁 지은은 남편과, 딸의 학원 시간에 맞춰 나가 부근의 식당에서 저녁을 먹었다. 집 가까이 산책길에서 딸과 함께 걸어오면서 지은은 갑자기 행복하다는 느낌이 충만해졌다. 딸은 학교 성적이 조금씩 오르고 있었고 남편은 회사에서 진급을 했고 그리고 여든이 되어 가는 시부모는 몇 년 전 암 투병에서 벗어나 다행히 건강을 유지했다. 그들이 가지고 있는 시골의 땅이 보상받을 수 있게 되었다는 점 등 사소하지만 정확한 행복이 있다고 느껴졌다. 언젠가는 모든 게 다하는 날이 올 것이지만 지금은 편안해도 될 거라고.

***

그 연극은 어떻게 시작되고 끝이 났던가?

오래 잊다가 한 번씩 떠올렸던 연극 무대. 아무렇지도 않게 하루를 살다 보면 한 번씩 환한 조명의 무대가 나타나 지금의 자신의 모습을 비추고 되감게 하는 것 같은 기억.

손턴 와일더의 연극 〈우리 읍내〉를 본 것이 대학교 3학년의 봄이었다. 학교의 극예술 동호회에서 올린 연극은 봄날의 정기 공연이었을 것이다. 기억하건대 무대 장치는 극히 단조로웠고 많은 인물이 나왔다. 물론 그때를 떠올린다 해도 자세하고도 정확한 연극의 줄거리를 기억하지는 못할 것이다. 고등학교 시절 친구들과 몰려가 몇 편의 연극을 본 것이 다였던 지은에게 대학에 와서 본 연극은 흥미로웠다. 무엇보다 연극의 여자 주인공인 에밀리를 연기한 이가 같은 학과의 주희였다는 점이다. 연극을 챙겨 본 것은 대학 게시판 포스터에서 본 주희 이름 때문이었다. 강의실에서는 그다지 두드러지지 않은 조용한 친구인 주희는 강의 시간에만 나타났고 어울리는 친구들 없이 거의 혼자였다. 어쩌면 수업 후 늘 연극 동아리 방으로 달려갔기에 지은도 주희를 눈여겨보지도 못했다.

무대 위에 선 주희의 모습에서 지은은 부러움과 동경을 느꼈다. 무대 위에서 주희는 에밀리였고 에밀리의 시선으로 그 순간 속에 살고 있었다. 주희는 아무런 움직임이 없는 일상의 정물 속에 살고 있던 지은에게 갑자기 쏟아져 내린 물줄기 같았다.

지은은 또다시 〈우리 읍내〉를 검색했고 기억 속에 사라진 등장인물들의 대사를 찾아보기도 했다. 지금도 이 연극은 대학가를 중

심으로 공연되고 있었다. 왜 갑자기 그 연극이 떠올랐을까? 남편이 건네준 연극 티켓 때문만은 아니었다. 우연한 일은 칠팔 년 전쯤 봄의 시작 때문인지 모른다. 길에서 에밀리였던 주희를 만났던 일. 그리고 다시 한번 주희를 만나고 싶었지만 그런 일은 일어나지 않았다. 물론 그녀가 정말 주희였는지도 지나고 보니 어슴푸레해지고 말았다. 한 번씩 지난 시간을 돌이켜보면 현실에서는 떠오르지 않을 그런 조각들이 밀려와 가슴을 흔들어 놓고 말았다.

"누구 같이 갈 사람은 있지?"

며칠 뒤 남편은 연극이 꽤 신경 쓰이는지 지은에게 물어 왔다.

"미연이랑 갈 거야. 내가 아주 큰 내조를 하니까 앞으로 고마워해야 할 거야."

지은은 남편에게 웃어 줬다. 남편은 지은이 준비해 둔 셔츠와 넥타이를 챙겨 입으며 고맙다는 표현으로 '친구랑 맛있는 거 먹으라며' 현금을 장난스럽게 건네주었다. 남편은 지은의 도움이 필요한 사람이고 회사에서 좀 더 인정받고자 노력하는 사람이기도 하지만 그의 가장 좋은 점은 지은을 늘 편하게 대한다는 것이다. 어떻게 자신이 저런 남자를 만날 수 있었는지 지은은 때때로 마음 깊이 그운에 감사했다. 유머와 관대함이 지은이 남편에게 가장 고맙게 여기는 부분이다.

대학 시절 연극을 보고 난 이후 지은은 주희에게 무슨 이야기를 해주었던가? 강의실에서 나와 막 스쳐 지나가는 주희를 붙잡고 무어라 했던가? 연극 속 에밀리가 죽은 뒤 다시 돌아본 세상이 너무 아름다워서 눈물을 흘리며 대사를 하는 동안 자신도 모르게 눈물이 났다고 말했던가? 아니면 너만큼 에밀리에 어울리는 배우도 없을 거라고 말했던가? 주희에게 그런 이야기를 했던 순간이 있었나? 친한 적이 없던 주희에게 지은은 그런 말도 해본 적이 없었다.

지은은 에밀리였던 주희를 다시 보고 싶었다. 아니 그때 무대를 보던 순간을 에밀리의 시선으로 다시 보고 싶은지 모른다. 생생하게 살아 있는 생의 기쁨을 확인해 보고 싶은 것 말이다.

저녁나절 딸아이는 지은에게 오래전 자신이 알던 한 작가가 전시회를 한다는 소식을 전해 주었다.

"그때 내게 그림을 가르쳐 주던 그분이 전시회를 여는 줄은 몰랐어. 나 그때 그곳에서 담당 선생을 아주 좋아했잖아."

딸아이가 말하는 곳은 예술가들의 실험적인 창작 공간이었다. 호수마을을 지나 차로 십 분 정도 더 가야 하는 곳이었다. 산속에 있는 폐교를 예술가들의 창작 공간으로 만들어 놓은 곳이었다. 감이 열리는 밭 가까이 허름한 공간에서 여름 방학 동안 예술가들이 아이들에게 그림을 지도해 주었다. 토요일, 바쁜 가운데서도 남편은 딸아이를 그곳에 데려다주었다. 가끔 지은도 남편과 함께 폐교 부근에서 집에서 준비해 간 샌드위치나 커피를 마시며 딸아이를 기다리고는 했다. 수업 후 딸아이는 뭔가 숲에서 비밀스러운 일을 하고 돌아온 듯 재미있어 했다. 딸아이는 아이들과 숲에서 활쏘기를 하고 온 일을 오래 이야기했다. 다섯 발의 화살을 쏘고 난 뒤 아이들은 그 사라진 화살을 주우러 달려갔다고 했다. 창작 공간에서 조금 떨어진 곳은 시골 농가였다. 작가들이 상주하는 곳에서 조금 더 걸어 나가니 두엄 냄새가 풍겼고 닭과 오리의 울음소리가 들려왔다.

마지막 여름 방학 수업 후 돌아오는 길에 남편은 차를 몰고 유황오리를 판매한다거나 오리백숙을 한다고 적힌 팻말이 있는 곳으로 들어갔다. 그는 저런 허름한 곳이 맛이 있을 것 같다며 길이 없어 보이는 농로를 몇 번이고 돌며 기웃거렸다. 여름 끝의 농로에는 풀들이 무성했고 흙과 무성한 풀들과 몇 번의 세찬 비에 더욱 튼실해진 야생의 꽃들이 저녁나절의 햇살 속에 풍기는 냄새는 강렬했다. 지은은 "야산에 방사한 닭이라 해도 위생은 그다지 좋지 않을 거야."라며 중얼거렸지만 그날의 풍경은 아름다웠다.

"그런 맛에 이런 시골 밥상을 찾는 거잖아. 어릴 적 고향에서도 이런 냄새는 늘 맡았지. 열 살쯤 할아버지 제사 지내러 가면 소 외양간도 다 보고 그랬잖아. 근데 은재야, 네 엄마는 참 입맛이 너무 고상하지?"

남편은 딸아이를 돌아보며 말했다. 그날 오리백숙집으로 끝내 차를 몰고 들어갔다. 검색하니 그런대로 맛이 괜찮다는 후기였다. 남편은 어디라도 맛이 있으면 뭐든 먹어 봐야 한다는 취향이 있었다. 하지만 지은은 모든 것에 예민하게 신경을 썼다. 그런 것에 위험이 도사리고 있다는 것처럼. 그 여름 저녁나절의 더운 열기가 남은 식당으로 걸어 들어갈 때 지은에게 어떤 익숙한 시골 냄새가 새삼 떠올랐다.

지은은 그 집이 가끔 떠오른다. 어쩌다가 시골 풍경을 마주치게 되면 그 순간이 또렷하게 떠올랐다. 이십몇 년 전의 어느 날, 지은이 K의 차에서 내리니 닭똥 냄새와 비릿한 쓰레기 냄새와 두엄 냄새가 밀려들어 왔다. 그때 지은은 K의 부모님을 뵈러 도시 근교의 집을 방문했다.

당시 지은에게는 일 년간 만나 오던 남자 친구 K가 있었다. 그는 친절했고 다정했다. 함께 영화를 보거나 전시회를 보러 가기도 했다. K는 당시 흔하지 않던 중고 지프차를 가지고 있었는데 지은이 가고자 하는 어떤 장소든 데려다주었다. 어쩌면 K에게 차가 있었기에 지은은 더 그를 신뢰했고 모르는 그의 집안에 대해 모종의 기대를 하고 있었는지 모른다. K는 어머니가 조금 편찮아서 아버지가 어머니를 돌보느라 도시를 떠나 전원생활을 한다고 했다.

K는 가끔 지은을 위해 노래를 만들어 와서 불러 주었다. 이제는 멜로디도 잊었지만 어떤 짧은 행복감이 들어 있던 단순한 노래였다. K는 대학생 때 동아리에서 보컬로 인기가 있었다고 말했다. 노래를 불러주는 동안 지은은 행복하다고 안심을 하고는 했다. 하지만 K와의 만남에는 언제나 알 수 없는 미세한 균열과도 같은 불안감이 찾아오기도 했다. K는 자기 집안에 대해 말한 적이 별로 없었

다. 그날은 어떤 결단을 내리고 있었다. 지은은 더 이상 결혼을 미룰 이유가 없었기에 K의 집을 방문하고 결혼 날짜를 정하려고 했다. 부모님 허락은 필요 없다던 K를 설득해서 지은은 그의 시골집으로 갔다. K가 어쩐지 꺼리던 만남에는 어떤 내력이 있을 거라 여겼다. 그때 K는 어느 공연 매니지먼트사에서 일하고 있었다. K는 자주 회사를 옮겨 다닌 것 같았다. 물론 그 사실은 시간이 훨씬 지나 알게 된 것이지만. 그때도 K는 임시직으로 회사에 있었다.

그때 낙동강 가를 끼고 달려 터널을 지나 비닐하우스가 드문드문 있는 시골 마을에서 만난 K 집안의 분위기는 어두웠다. 지은은 석양이 마루 위에 드리운 K의 집으로 들어가 인사를 드렸다. K의 어머니는 뇌졸중 후유증으로 몸을 쓰는 게 힘들어 거의 앉아 있었다. 다리가 불편한 K의 여동생이 그들을 맞았다.

준비된 듯 밥상이 차려져 왔고 지은은 일어나 들여온 밥상을 맞잡았다. 소박한 밥상이었다. 하지만 여동생이 혼자서 꽤 많은 시간을 들여 준비했을 게 분명했다. 된장국과 푸성귀와 오리 불고기. 여동생은 인근 저수지에 오리를 제법 키운다고 했다. 여동생이 바라보는 지은의 모습은 어땠을까. 맑은 피부, 고급스러운 원피스, 마루 끝에 놓인 지은의 베이지색 구두. 포장한 선물로 지은이 들고 온 고급 과일 바구니. K의 집 안에는 낡고 가죽이 벗겨지려는 소파가 하나 있었다. 푹 가라앉은 소파가 K의 어머니 자리였다. 곡식이 푹 익어 가는 냄새와 거름 냄새가 배어 있었다.

지은은 적당히 밥그릇을 비웠다. K는 어머니가 밥상 위에 떨어뜨린 음식을 긁어 담았다. 시골 마당에 갑자기 나타난 새끼 고양이 두세 마리가 문 앞에서 뒹굴며 놀고 있기에 지은은 귀엽다고 한마디 해주었다.

"어미가 버리고 간 것을 우리 애가 정들여 키우지." 천천히 식사를 하던 K의 아버지는 오래 뜸을 들이다가 말했다. 인근 우체국에서 일하고 집안일을 거드는 여동생은 K보다 더 어른스러워 보였다.

"고양이나 사람이나 다 똑같아요. 버리면 안 되지요."

소탈하고 가식이 없는 식탁 앞에서 K의 여동생이 대꾸했다. K의 아버지는 더 이상 말이 없었다. 여동생이 중학생 때의 K의 사진을, 낡은 장식장에서 꺼내 온 졸업식장 사진을 보여 주었다.

"그땐 우리 집 좋았어요. 남부럽지 않게. 오빠가 좋아하는 사진이에요. 그때 우등상도 받고. 이 사진 가지실래요?"

이런 전원생활을 지은은 바란 적이 있던가. 지은은 사진을 받지 않았다. 지은의 흰 원피스 자락 옆으로 따라다니던 오후의 빛줄기가 사라지고 석양의 희미한 잔상이 어둠이 되어 남았다. 시골 마당은 금방 어두워졌다. 다리가 조금 불편하지만 영민한 여동생은 알아챘을 것이다. 지은이 자기 오빠와 더 이상 만나지 않을 수도 있다는 것을.

지은은 시골 근교에서 오리와 새끼 고양이로 위로를 받는 삶이 전원생활이라고 여겨지지 않는다고 K에게 말했다. 이후 몇 번 사소한 일로 다툰 뒤 K와 헤어졌다. 지은에게도 발레를 그만두던 중학생 때의 기억이 오래 남아 있었기에 그 어떤 조건보다 경제적

조건은 중요했다. 지은은 K와 헤어진 후에 K는 잊어 버릴 수 있었다. 하지만 단 한 번 본 여동생이 잊히지 않았다.

딸아이는 수업 마지막 날 작가와 함께한 마지막 성과물로 다시마로 만든 초롱을 들고 왔다. 다시마에 물을 뿌려 아주 얇은 한지처럼 편 뒤 말려서 그것으로 초롱을 만든 것이었다. 실에 매단 다시마 초롱 속에 양초를 켜자 아주 은은한 불빛이 흘러나왔다. 어릴 적 딸아이는 말이 늦었고 가끔 제 표현을 제대로 하지 않고 울어댔다. 지은은 딸아이가 일곱 살 때까지 발달 과정이 늦을까 무척 걱정했고 두려웠다. 가끔 혼자 어딘가 알 수 없는 감정이 솟구쳐 격앙되면 지은은 K의 여동생이 보여 주던 성난 눈빛이 다시 떠올랐다. 지은을 바라보며 "잘난 사람이나 못난 사람이나 아픈 사람이나 여기서는 다 똑같아요."라고 말하던 그때. 식사 중에 K의 어머니를 화장실로 데려가고 손을 씻기고 엎드려 방바닥에 쏟아진 국물을 닦던 여동생을 보고 있던 그때.

이후 지은은 딸이 혹시 아픈 아이가 될까 두려웠다. '내가 뭘 잘못했던가? K와 헤어진 것이 죄가 될 수 있는가?' 그것은 지은의 지나친 걱정이었는지 모른다. 다행히 딸아이는 열두 살 여름을 지내며 마음이 한결 단단해져 있었다. 그날 남편이 무작정 들어간 오리 백숙집은 그런대로 맛이 있는 곳이었다.

그 화가의 전시회라면 자기도 꼭 가고 싶다고 딸아이가 호들갑을 떨었지만 그럴 수는 없었다. 더구나 전시장은 그때처럼 감나무 밭 창작 공간이 아닌 꽤 이름난 서울의 한 전시장이었다. 그사이 몇 년의 시간이 흐르는 동안 딸아이가 알고 있던 화가는 조금씩 인지도가 올라간 작가가 되어 있었다.

"그때 선생님이 그리고 있던 큰 그림이 있었는데 그게 뭐처럼 보이냐고 내게 물어서 말했어. 무릉도원 같다고."

"무릉도원. 멋진 제목이네."

"그 그림은 구름 같기도 하고 물 같기도 하고 공장의 연기 같기도 했는데 무릉도원이 제목으로 좋았어. 선생님은 시골 마을의 모습을 그린 거라고 했어."

무릉도원이라고 말한 순간 시골 마을이 무릉도원이 되었다고, 그렇게 불러 주니 그대로 되었다고 믿는 딸아이를 보고 지은은 다행이라고 여겨졌다.

"너 주희 기억하니? 우리 과였고 연극반에 있던 친구?"

지은은 친구인 미연에게 전화를 했다. 연극을 같이 보자고 하면서 주희에 대해 이제야 물어보다니. 지은은 이제라도 주희를 꼭 다시 떠올리고 찾고 싶어졌다.

"그래. 주희라는 이름은 기억나. 아주 조용하고 얌전한 애였잖아. 우리와는 통 어울리지 않았지만. 그런데 왜? 그 애에게 무슨 일이라도 있니?"

미연은 주희에 대해 잘 알지 못한다고 했다.

“응. 나는 너도 같이 주희가 나왔던 연극을 봤다고 생각하는데. 〈우리 읍내〉라는 연극이었어.”

그날 연극 무대에서 본 주희는 명랑한 처녀였고 가느스름한 눈매인 그녀의 눈이 멀리 있는 자리에서도 유난히 빛났다고 말했다. 그것이 분장이었다는 것을 그때는 알지 못했다고. 〈우리 읍내〉에서 그녀가 맡은 역할이 처음에는 에밀리인지 레베카인지도 제대로 기억하지 못했지만 차차 떠올려 보니 에밀리였다. 남자 친구인 조지와 한마을에서 자라나 사랑하고 결혼한 뒤 젊은 나이에 죽어 버린 에밀리는 살아 있던 한순간을 찾아 무대 위로 다시 돌아왔다. 특별한 날이 아닌 가장 평범한 열두 번째 생일날로 살아 돌아와 “너무 아름다워 그 진가를 몰랐던 이승이여, 안녕.”이라며 독백을 했다.

연극 배경인 미국 시골 마을, 1913년의 한순간에 있는 주희는 지은의 기억 속에 오롯이 살아 있었다. 그때 처음으로 맹렬히 뭔가를 하고 기억하고 황홀하게 타오르듯 살고 싶다는 느낌을 지은은 가졌다. 머뭇대다가는 자신의 삶도 에밀리의 죽음처럼 되돌릴 수 없이 끝나 버릴 것만 같은 느낌이었달까.

“그날 연극을 본 이후부터 주희의 삶이 궁금했어. 에밀리라는 게 부러웠어. 주희한테는 나에게 없는 에밀리의 시선이 있을 듯해서. 모든 것이 궁금했거든.”

“나는 몰랐는데 그런 기억이 있구나. 지금 주희는 어떻게 지낼까?”

남편이 가져다준 티켓으로 인한 것일까? 아니면 오래도록 궁금했던 것일지도 모른다. 지은은 주희를 모른다. 오직 그때 연극이 진행되는 짧은 순간의 조명 아래 미국 그로버즈 코너즈 마을, 〈우리 읍내〉라는 연극 속에서의 그녀를 알 뿐.

"하지만 한 번 스치듯 만난 적이 있어."

지은이 주희를 잠깐 마주친 때는 연극을 보고 나서 정확히 22년이 지난 후였다. 대학을 졸업한 이후 단 한 번도 만난 적 없었다. 마흔이 넘어 세실마을 아파트 앞 건널목에서 주희를 보았던 것이다. 갑자기 그녀를 건널목에서 그렇게 마주친다는 게 말이 되나 싶었다.

그녀와의 갑작스러운 만남에 지은은 먼저 멈칫했다. 하지만 얼굴은 알 수 있었다. 주희가 입고 있는 낡은 옷, 그녀가 들고 있는 시장 가방. 그녀의 짧게 자른 머리칼. 발랄하던 처녀의 모습에서 나이 든 모습은 마치 죽은 무덤가를 떠돌며 다니던 에밀리처럼 보였다.

〈우리 읍내〉에서 마지막 컷, 숨죽인 수십 초간의 정지 동작에서 젊은 시절의 주희만을 보았던 지은은 당황했다. 그것이 2막의 끝이었던가. 이후 꿈이 깨듯 무대는 서서히 어두워지고 웃음소리도 사라졌다. 에밀리 삶이 다시 죽음이 되어 버린 연출 끝에 무대가 밝아지고 주희는 무대 인사를 했다. 수십 년이 지나 주희를 바로 알아볼 수 있었다니. 지은은 건널목에서 자기 눈을 조금도 떼지 못했다.

주희는 건널목을 천천히 가로질러 가버렸다. 그녀는 여전히 말랐고 그런 몸은 젊은 날이 가고 중년에 가까워지는 여자의 몸이라 기에는 조금 어색했다. 아무도 알지 못하는 곳으로 가버릴 듯이 건 널목을 건너고 있었다. 주희는 연극 속 그날처럼 시장바구니 안에 푸성귀를 골라 넣고 호수마을로 가는 방향 버스 정류소로 걸어갔다.

그날 이후 한동안 지은은 늘 건널목 자리에서 주희를 만날 수 있을까 싶어 주위를 둘러보았다. 이후 그녀를 볼 수 없었고 그녀 모습도 이름도 또 〈우리 읍내〉라는 연극도 떠올리지 않는 날이 이 어졌다.

지은은 그때 연극을 본 사람이 아무도 없을까 궁금했다. 학교 대 극장은 학생들로 가득 차 있었고 오랫동안 연극 안내 포스터는 학 교 운동장 옆 게시판에 붙어 있었으니까. 연극을 본 후 대극장을 나서던 저녁나절이 있었다.

다음날 지은은 다시 미연에게 전화를 했다.

"너도 그때 연극을 나랑 같이 봤을 거야. 그것을 보고 난 뒤에 우리는 그때 처음 학교 앞 햄버거 가게에서 산 햄버거를 먹었어. 우리는 둘 다 햄버거가 처음이었다고, 맛있다고 말했어. 우리는 학 교로 다시 들어가서 사람들이 가버린 대극장 건물 뒤 벤치에 앉아 서 먹었어. 연극은 끝났고 알 수 없는 아쉬운 마음에 한동안 그렇 게 앉아 있었지. 우리는 연극이 참 좋았다고 말했어. 나는 그때가 떠올라. 그런데 너는 그걸 기억하지 못하는구나."

"모르겠어. 어떻게 그 많은 지난 일을 다 기억할 수 있어?"

미연은 말했다. 미연은 언젠가 우리가 어떤 이유로 그런 용기가 생겼는지 모르지만 함께 극예술연구회에 가입하려고 동아리 방을 기웃거리며 몇 번이나 가봤다는 것을 말했다.

지은은 미연과 같은 것을 기억하지 못했다. 기억은 정확한 것이 될 수가 없을 것이다. 세상 모든 일은 오직 자신의 무대에서 일어나는 일이니까. 같은 시간과 공간에 있었다고 해도 지나간 것은 더 이상 존재하지 않는다. 삶이란 어쩌면 기억이라는 필름 안에서 필요한 순간만 인화되는 영화라는 생각이 들었다.

며칠 뒤 지은은 코인 세탁소를 다녀오며 터널 내부 공사가 끝났다는 것을 알게 되었다. 우회 도로로 다니던 차량도 이제 정체되지 않는 터널로 바로 통행하고 있었다. 한 번도 터널 너머를 궁금해하지 않던 지은이지만 어쩐지 호수마을이 궁금해졌다. 남편과 함께 호수마을 인근으로 딸을 데려다주고 오면서 저수지에 앉아 낚싯대를 드리운 몇 명의 나이 든 남자들을 본 것도 그랬다.

"저기서 무얼 잡기는 잡을까?"

물 표면에 햇빛에 어리어 낚시꾼들은 빛 속에 떠 있는 것 같았다. 지은의 말에 남편은 "우리가 모르는 거지. 낚시꾼은 저 물속을 다 알고 있지."라고 말했다. 물속에 뭐가 있는지. "그래, 그럼 다행이야." 지은은 혼자 중얼거렸다.

남편이 부탁하던 연극의 평을 지은은 미리 검색해 보았다. 미연은 그날 미리 점심을 사겠다고 연락해 왔다. 우리는 함께 살아 있다는 것을 확인하기 위해서라도 자주 만나서 밥을 먹어야 한다고, 그게 에밀리의 시선이라고, 미연은 말했다. 그리고 다시 이끼 낀 저수지 너머 산길에 히어리꽃이 많이 핀다고 얘기했다. 그때 그걸 보러 가야지. 터널 너머 호수마을로. 지은은 미연에게 그걸 알고 있어서 정말 다행이라고 대답해 주었다.

수록 작품 발표 지면

남원 어딘가에 《작가와 사회》 2020년 가을호

산책하는 순간들 《사람의 문학》 2024년 가을호

검은 밤, 영도 《작가와 사회》 2024년 여름호

월내역을 지나서 문학 무크 《소설》 2020년 하반기 8호

겨울, 언양 《오늘의 좋은 소설》 2021년 가을호

뼈 이야기 《사람의 문학》 2023년 여름호

에밀리의 시선 문학 무크 《소설》 2022년 상반기 11호

오래된 기억의 공간으로부터 흩뿌려진 물방울들이
―『검은 밤, 영도』에 관한 소고

비가 온다. 거센 비가 아니라 가만히 조곤조곤 내리는 비.

여자는 알 수 없는 불안으로 창가를 서성이며 밖을 바라본다. 검은 밤이 동시에 내려앉는다.

비가 그치고 난 뒤, 여자는 녹색 장화를 신고 희붐한 이른 아침의 산길을 걷는다.

소나무 가지의 바늘 같은 잎에 빗방울이 자디잔 구슬로 매달려 있다. 가지와 가지 사이 거미줄에 걸린 물방울이 은색 그물 형태로 도드라진다. 여자가 나뭇가지를 살짝 흔드니 자디잔 물방울들이 솔잎 끝에서 후드득 떨어진다.

흩뿌려진 물방울들, 『검은 밤, 영도』는 내게 이런 이미지로 전달

된다. 오래된 기억의 공간으로부터 흩뿌려진 물방울들이 현재라는 시간에 잉크처럼 번지며 스며드는 방식으로 안착한다.

지금은 존재하지 않지만 불현듯 어느 기억 속에서 현재로 살아나는 오랜 것들에 작가는 생래적으로 끌리며 매혹된다.

작가는 시간이라는 열쇠로 지도에도 표기된 실제 지명인 영도, 남원, 언양 같은 공간을 현재로 불러온다. 현실 속 실제 이름으로 지도에도 있지만, 정작 소설에서는 실제의 장소가 낯설게 다가오며 호수처럼 비밀을 간직한 공간으로 변모한다. 그 공간들은 아스라이 멀리 있거나 상상 속에서만 존재한다. 실제와 상상의 이중 세계인 그 공간에서 여자들은 잃어버린 것을 찾아 나선다. 여자는 깨진 조각들을 찾아 맞춰 보고 금이 가거나 모양이 온전하지 않은 것들을 한곳에 모으거나, 아무도 알지 못하는 '이름 모르는 풀'을 찾아서 다시 여로에 오른다.

여자의 여행 가방에는 음식에 진심을 다하는 요리사처럼 올리브오일과 버터와 말린 월계수 잎이나 럼주가 들어간 카늘레, 에클레어, 마들렌과 머랭 쿠키나 향신료와 양념병 같은 게 들어 있기도 하다. 여자는 미학적으로 아름다운 건축물이나 이름난 곳이 아니라 음식점, 약국, 잡화점, 소개소 같은 흔하게 접할 수 있어 오히려 주목받지 못하는 생활 공간에서 이질적 풍경을 발견한다.

정미형 작가에게는 세밀한 자수 공예가의 시선이 있다. 흰 천에 문장이라는 바늘로 촘촘히 수를 놓는다. 흔한 듯 흔하지 않은 그 공간에서 별나지 않은 사람들의 소소한 이야기의 흔적을 좇는다.

먼지처럼 흐트러지고 바스러지는 삶을 주시하며, 터미널에 잘못 내리거나 타버리거나 형체가 휘어진 사진 속 희미한 유령 같은 사람들을 불러낸다. 질긴 의지로 그것의 비밀스럽고도 볼수록 또렷이 나타나는 생의 지문을 읽어 낸다.

"뒷집에 혼자 딸들을 데리고 살고 있는 젊은 여자가 전깃불이 없는 밤에 얼마나 무섭겠냐고."(「검은 밤, 영도」, 81쪽)

검은 밤, 이웃집에서 밝혀 주는 불빛을 보며 삶의 어려움과 두려움을 헤쳐 나가고, 밤을 뚫고 와서 마음의 빛이 되어준 그 불빛은, 북쪽 방의 춥고 어둡고 낯선 방에 사그락사그락 깃털같이 내리는 눈이 되어주기도 한다. 또 봄 속에서 겨울을 보고 반대로 겨울에도 얼지 않고 미나리 같은 새파란 초록들을 키워내는 마음 밭을 이루기도 한다. 뜨겁지는 않으나 은은한 온기가 배어 있는 불빛으로.

작가는 나선형 실타래에서 끝도 없이 풀려나오는 가느다란 실을 뽑는다. 그 실은 허공에 지어진 거미줄이 되기도 하고 죽은 자로서 생을 바라보는 에밀리의 시선이 되기도 한다.

"이곳과 저곳, 막혔던 막다른 길의 끝에 또 다른 길이 열리는 것, 잘못 도착했다고 여겨지던 길이 어쩌면 진짜 찾던 길일지도 모른다."(「겨울, 언양」, 141쪽)며 원래 삶이 그런 거라고 작가는 나직하게 말하는 듯하다. "터미널의 단순하지만 한없이 미로 같던 길들의 끝에 작천정이 연결되어 있었다. 사진에는 나타나지 않았던 길들

이 되살아났다."(「겨울, 언양」, 136쪽)

숨바꼭질하듯 작가가 안내하는 길을 따라가다 보면 누군가는 그 길 끝에서 의외의 찬란한 꽃을 발견할 수 있을 것이다.

작가의 말

　　뜨겁던 여름과 여전히 더웠던 초가을 동안 일곱 편의 소설들을 정리했다. 2020년부터 2024년까지 쓴 소설들이다. 써나갈 때는 몰랐지만 모으고 보니 그것은 가방을 끌고 어딘가로 떠나면서 쓴 여행기로 여겨졌다. 소설을 쓰는 동안 나는 어디로 가고 싶었던 것일까. 그 소설은 도대체 어디에 도달하고자 쓰인 것일까. 사뭇 궁금해졌다. 검은 흙 속에 이름도 모를 회색빛의 가지가 자라듯 이제 겨울에 이르러 책 속의 이야기가 제 길을 찾아 뻗어나가게 되는 것을 본다. 내가 생각하는 것보다 조금 더 먼 곳이면 될 거라고 여긴다.

　　세 번째 소설집을 내면서 이제야 알게 된 것도 있다. 모아둔 소설들을 묶어내는 것은 잊고 있었던 그 시간의 잔영을 되돌아보는 것이라는 것을. 그때의 갈망과 실수와 결핍이 함께 글 속에 떠올라 온다는 것을 이제 알게 되었다. 하지만 돌이켜 바꿀 수는 없는 뒷모습이기도 하고, 나 홀로 빠져나간 빈방의 흔적이라 여기며 소설 속 인물들에게 안부를 전하는 마음이 들었다.

이번 소설에는 지명이 많이 들어갔다. 어떤 장소에서 일어난 일이기도 하고 장소와 상관없이 인생의 어느 지점을 거쳐 삶에 대한 시각이 달라지는 그 부분을 쓰고 싶었다. 그리고 이 모든 게 여행일 거라고 생각했다. 노선을 모르는 오래된 버스가 와서 어느 시간과 공간으로 나를 던져놓은 것이라고. 그러므로 이번 소설 속 장소는 지극히 현실적인 장소일 수도 있지만 모르는 일들이 일어나는 낯설고 새로운 공간 속을 의미한다고 할 수 있을 것이다. 수록된 소설 「남원 어딘가에」와 「뼈 이야기」에서는 공교롭게도 인생이라는 긴 여행길의 끝에 다다른 노년의 여행자의 모습을 그리게 되었다. 오래전 봐온 나의 할머니와 어머니의 모습이고 미래의 내 모습이기도 하다. 어쩌면 그 글을 쓸 때 그것이 내게 가장 중요한 문제로 다가왔을 것이다. 몇 년에 걸쳐 쓴 소설들은 그때의 많은 일들을 다시금 찬란하고도 조용히 비춰 준다. 소설에서 받는 가장 큰 즐거움이다.

끝으로 소설집이 나올 수 있게 애써 주신 알렙 출판사 대표님과 편집자님께 깊은 감사를 드린다. 또한 함께 북돋우며 격려해 나가는 소설가 동료들에게도 고마움을 전한다. 늘 다정한 응원을 보내는 두 딸, 시현과 채현에게 사랑을 건넨다. 이제 이 소설로 한동안 위로를 받을 수 있다면 좋겠다. 살아가는 동안 조금은 기쁘고 의미 있는 작업이었다고 스스로 말할 수 있게 되기를 바라면서 나는 거울을 보듯 소설을 꺼내 읽을 것이다.

초겨울 노란 털머위꽃 환한 빛을 보내며

2025년 12월

정미형

검은 밤, 영도

1판 1쇄 발행 2025년 12월 25일

지은이 | 정미형
펴낸이 | 조영남
펴낸곳 | 알렙

출판등록 | 2009년 11월 19일 제313-2010-132호
주소 | 경기도 고양시 일산서구 중앙로 1455 대우시티프라자 715호
전자우편 | alephbook@naver.com
전화 | 031-913-2018, 팩스 | 031-913-2019

ISBN 979-11-994033-8-3 (03810)

부산광역시 BUSAN METROPOLITAN CITY   부산문화재단 BUSAN CULTURAL FOUNDATION

* 본 사업은 2025년 부산광역시, 부산문화재단 〈부산문화예술지원사업〉으로 지원을 받았
  습니다.

* 책값은 뒤표지에 있습니다. 잘못된 책은 바꾸어 드립니다.